KB206466

본격 며느리 빡침 에세이

님아, 그 선을 넘지 마오

본격 며느리 빡침 에세이

님아, 그 선을 넘지 마오

초판 1쇄 인쇄 2020년 3월 13일
초판 1쇄 발행 2020년 3월 20일

글쓴이 | 박식빵
그린이 | 채린
펴낸이 | 金湞珉
펴낸곳 | 북로그컴퍼니
주소 | 서울시 마포구 월드컵북로1길 60(서교동), 5층
전화 | 02-738-0214
팩스 | 02-738-1030
등록 | 제2010-000174호

ISBN 979-11-90224-37-6 03810

· 잘못된 책은 구입하신 서점에서 바꿔드립니다.
· 이 도서의 국립중앙도서관 출판예정도서목록(CIP)은 서지정보유통지원시스템 홈페이지(http://seoji.nl.go.kr)와 국가자료공동목록시스템(http://www.nl.go.kr/kolisnet)에서 이용하실 수 있습니다.(CIP제어번호 : CIP2020009966)

본격 며느리 빡침 에세이

님아, 그 선을 넘지 마오

북로그컴퍼니

책을 펴내며

혹시 결혼을 앞두고 있나요?

기혼 여성인가요?

시어머니가 미워서 미칠 것 같나요?

고부 갈등으로 이혼을 생각하거나 우울증에 걸린 적이 있나요?

아내와 어머니가 고부 갈등을 겪고 있어서 곤란한 남편인가요?

며느리와 불화가 있나요?

예비 며느리에게 친정엄마 같은 시어머니가 되고 싶은가요?

80년대생인가요?

여성인가요?

경력이 단절되어 우울한 아이 엄마인가요?

인간관계가 힘든가요?

이 질문 중 하나라도 해당한다면, 이 책을 읽기 시작한 것을 후회하지 않을 거예요.

너무도 평범한 30대 여성으로, 주부로, 아이 엄마로, 아내로, 며느리로 살아온 나의 이야기가 이 책의 시작이었습니다. 특히 며느리라는 '신분'에 대한 고민과 눈물이 이 글들을 쓰게 했어요. 장밋빛 꿈으로 시작한 결혼이 눈물 콧물 쏟는 고부 갈등 때문에 혼란에 빠지자, 시어머니는 도대체 왜 그러는 걸까 분석하며 해결책을 찾아보기 위해 무작정 써 내려갔거든요.

글을 쓰면서 다시금 옛 상처들을 끄집어내며 여러 번 눈물을 흘려야 했지만, 긴 터널을 지나 마침내 마지막 문장을 쓰며 더는 이전의 내가 아님을 느꼈습니다. 글쓰기를 통해 새로운 나를 발견하고 진정한 나의 삶을 지켜내기 위한 용기를 얻었기 때문이에요.

그동안 너무도 힘들었고 치유의 노력은 앞으로도 계속 진행되겠지만, 그럼에도 불구하고 결국 새로운 나로서 살게 된 이 이야기와 함께해주시겠어요? 때론 답답하고 짜증 나고 속상하게 하는 '남의 집 시집살이' 이야기를 통해, 내가 그랬듯이 당신도 '온전한 나'로 살아가는 방법을 찾아낼 수 있을 거예요.

2020년 봄에

차례

Chapter 2 그 선을 넘지 마오

Chapter 3 아이 엄마는 저예요

Chapter 4 부부의 행복이 먼저

프롤로그

소녀에서 표범으로

그리고 마침내 방문이 열리자, 다시는 열다섯 살의 나이로 돌아갈 수 없는 상처 입은 암표범을 보게 되었다.

_ 가브리엘 가르시아 마르케스, 《콜레라 시대의 사랑》 중에서

'순수'와 '순진'의 차이를 '깨끗한 물이 가득 담긴 유리컵'과 '아무것도 없는 깨끗한 유리컵'에 비유한 글을 본 적 있다. 어린아이뿐 아니라 다 큰 어른도 순수하면서 동시에 순진할 수 있다. 깨끗함, 정직함, 선함으로 가득한 순수한 사람은 누구나 곁에 있고 싶어 하는 좋은 영향력을 가진 사람이다. 반면 무엇으로 채우느냐에 따라 착한 사람에서 극단적인 악마나 사이코패스가 될 수도 있는 사람은 순진한 사람이다.

무엇이 진정 내 행복을 위한 길이고, 어떤 길이 장기적으로 나를 살리는 길인지 아는 사람은 소녀에서 표범이 된 여자와 같다. 순수하면서 순진했던 소녀는 한 방울 탁한 오염물이 컵 속으로 떨어지자, 자기 안에 있던 순수성을 지키기 위해 강인한 엄마이자 여자가

되었다. 어느 날 방문을 열고 나와 누구에게도 의지하지 않고 스스로 자신과 아이를 지키는 표범이 된 것이다.

용기를 갖게 된 사람, 각성할 계기를 거쳐 자신의 삶에서 중요한 가치가 무엇인지 알게 된 사람, 그것을 지키는 것이 값진 인생을 사는 것임을 알게 된 사람은 어떤 장애를 만난다 해도 결코 불행해질 수가 없다.

나는 그저 "네네." 하기만 했던 고분고분하고 평범한 며느리로 살다가 어느 날 더 이상 이렇게 살고 싶지 않다고 생각했다. 특별한 계기나 사건이 있었다기보다는 곪을 대로 곪은 상처를 방치하기 싫었고, 다른 누군가에 의해서 내 기분이, 내 일상이, 내 삶이 망가지는 걸 두고만 볼 수 없었기 때문이다. 누군가 보호해주어야만 했던 소녀에서 스스로를 지키려는 표범이 된 것이다.

처음에는 시어머니에게 내 의견을 말하는 것이 쉽지 않았다. 하지만 조금씩 하다 보니 아닌 것은 아니라고, 그렇게 말씀하시면 너무 속상하다고, 그런 말씀은 하지 말아달라고 말할 줄 알게 되었다. 둘째 안 낳으면 남편이 바람피워서 애 낳아 올 거라는 막말에는 "아버님이 밖에서 애 낳아 온다고 하면 좋으시겠어요?"라고 맞받아치고, 안부 전화 좀 자주 하라는 잔소리에는 살림하랴 육아하랴 돈까지 벌랴 내 몸 건사하기도 힘들다고 솔직하게 이야기했다.

늘 되받아치고 직설적으로 말하는 것만이 능사는 아니다. 나는 성격상 애교도 부릴 줄 모르고 맘에 없는 말도 할 줄 몰라서 처음에는 시집과의 갈등 상황에 융통성 있게 대처하지 못했다. 하지만 요즘은 나도 아주 조금씩이지만 바뀌려 노력하고 있다.

최근 남편이 아이에게서 기관지염이 옮은 뒤 감기가 오래가는가 싶더니 급기야 폐렴에 걸려 입원까지 하게 되었다. 그러는 와중에 시아버지와 남편이 몇 번 통화할 일이 있었고, 입을 틀어막아도 나오는 기침 소리가 너무 걱정이 된 시아버지가 '커다란 돔바(두꺼운 겨울 재킷)'를 사서 부치셨다. 예전 같았으면 '걱정도 참 유난스러우시네!' 하고 넘기거나, '나도 두꺼운 재킷 없는데 내 걱정은 안 되시나, 사시는 김에 물어나 보시지.' 하는 서운한 마음이 들었을 법한데, 이번엔 다르게 대응했다.

커다란 우체국 택배 상자가 오자마자 뜯어보곤 시아버지에게 전화를 드린 거다.

"아버님, 아비 잠바 잘 받았어요. 그런데 제 건 없어요? 호호호."

그러자 시아버지가 웃으며 말씀하셨다.

"너도 잠바 없냐? 그래, 하나 사서 보내주마."

사나운 맹수가 사냥할 때 전략도 없이, 기다림도 없이 바로 달려들지는 않는다. 나는 영악하게, 영리하게, 능글스럽게 변했다.

하지만 내 마음은 2, 3년 전보다 훨씬 평화롭고 활기차다. 상처에 내성이 생겨서 그렇기도 하겠지만, 이런 변화 또한 어른이 되는 과정이라고 생각하기 때문이다.

Chapter 1

누구를 위한 전쟁?

남자친구의 어머니

◇

"우리 엄마는 절대 간섭 안 하는 분이야. 나 부산에서 대학 다니는 7, 8년 동안 우리 엄마 한 번도 안 오셨어! 반찬 한 번 보내준 적도 없다니까! 나중에 결혼해서 아기 낳아 데려다 놓으면 다 키워주실걸?"

남편이 남자친구이던 시절 나에게 했던 말이다. 그 말을 곧이곧대로 믿다니 아아, 나는 얼마나 순진했던가.

남편과 나는 85년생 동갑내기이다. 같은 대학, 같은 학과를 졸업한 04학번 동기이기도 하다. 하지만 우리가 사귀게 된 것은 그로부터 한참 뒤인 2013년으로, 대학에 입학해 처음 만난 지 9년 만의 일이다.

당시 나는 서울에서 자취를 하며 두 번째 회사에 다니고 있었고, 남편은 슬로바키아에서 직장 생활을 하다가 영국 지사로 옮기기 위해 비자 준비차 몇 달간 한국에 와 있던 중이었다. 대전 본가에서 지내며 간혹 친구들을 만나러 서울에 오던 남편은 대학 동기 모임에서 나를 다시 보고는 적극적으로 대시를 했다. 그때 나는 매일 밤 10시, 11시까지 이어지는 야근에 지쳐 있었고, 몇 번의 연애가 실패로 끝나 의기소침한 상태였다. 그래서인지 말 잘 통하던 편한 대학 동기의 관심이 싫지 않았다.

그렇게 우리는 사귀는 사이가 되어, 퇴근 후 맥주 한 캔 들고 야경이 반짝이는 낙산공원 성곽 길이며 창경궁을 거닐었다. 그와 함께 걷는 따뜻한 봄날의 여의도 한강공원은 여느 때와 다르게 느껴졌다. 나는 자주 그에게 전화를 걸어 회사 생활의 고초를 토로했고, 그가 서울로 올라와 데이트하는 주말을 기다리게 되었다.

그러던 어느 날, 그의 입에서 어머니가 나를 보고 싶어 한다는 말이 나왔다. 서울의 병원에 검진받으러 올 일이 있는데, 마치고 대전으로 내려가기 전 보자고 했다.

순간 이전 연애 경험들이 스쳐갔다. 아직 결혼을 약속하지 않은 상태로 상대방 부모를 만났을 때 부담스러운 일이 얼마나 많았던가. 20대 초반에 사귀던 전 남자친구의 부모님은 누나 결혼식 같은 집안 행사에 나를 불러댔고, 툭하면 그 사람의 아버지에게서 온 전화를 받아야 했다.

하지만 이번에는 사정이 달랐다. 남자친구는 슬로바키아에서 혼자 지낸 몇 년이 얼마나 외로웠는지를 얘기하며 나와 결혼하고 싶다는 뜻을 내비쳐왔고, 나 역시 서른을 목전에 둔 내 나이를 약간 의식하던 중이었다. 내심 이 만남이 결혼을 의미하는 것이라고 생각했던 것 같다. 게다가 그가 자신의 어머니에 대해 한 말이 있으니, 인사를 나누더라도 큰 부담은 없을 것이라 어느 정도 안심도 했으리라.

이태원이었던가, 번화가 골목에 위치한 한 막걸리 집에서 지금의 시어머니와 처음 인사를 나누었다. 첫인상은 조금 무서웠지만 말수도 많지 않고, 시종일관 웃으며 나를 대하시기에 어려운 자리라는 긴장감이 조금 줄어들었다. 하나뿐인 아들이 한국에 들어오자마자 주말마다 서울에 가고, 결혼하고 싶다는 말까지 해뒀으니 내가 어떤 여자인지 얼마나 궁금했겠는가.

좀 어색하지만 화기애애한 분위기에서 기분 좋게 첫인사를 마치고 어둑한 길거리로 나섰을 때 어머니가 슬그머니 내 팔짱을 끼셨다. 친정엄마와도 팔짱 끼고 걸은 적 없을 만큼 무심하고 무뚝뚝한 나는 그 팔이 너무 어색해 뿌리치고 싶었지만 차마 그럴 수가 없었다.

그렇게 어머니와 안면을 트고 나니, 그동안 데이트할 때마다 남자친구에게 수시로 걸려오던 어머니의 전화가 눈에 띄게 줄었다.

어쩌면 이때, 딸 없는 시어머니는 내게서 '딸 같은 며느리'를 갖게 될 것이라는 희망을, 나는 그분이 간섭 없는 '쿨한 시어머니'일 거라는 희망을 엿보았던 것 아닐까.

그렇게 우리는 서로가 가진 성격의 스펙트럼에서 정반대에 있는 가식을 훔쳐보고 멋대로 서로를 규정지었다. 그것이 끝없는 전쟁의 출발점이었던 것도 모른 채.

남편의 어머니

◇

결혼은 타이밍이라고 하더니, 그와 나의 결혼이 그랬다. 영국행을 포기할까 싶도록 애를 태우던 남자친구의 영국 비자가 8개월 만에 나오자, 그는 같이 가자며 정식으로 청혼했다. 나와 유머 코드도 맞고 친구 같은 편안함을 느끼게 해주는 남자친구가 좋았기에 나도 흔쾌히 청혼을 받아들였다. 외국에서 안정적으로 같이 살기 위해서는 동거보다 법적 배우자가 되어 배우자 비자를 받는 것이 좋았다. 그 편이 부모님에게 갑작스런 영국행을 허락받기에도 유리했음은 물론이다.

우리는 서둘러 양가 부모님을 뵙고 결혼 허락을 받았다. 영국에서 출근하기로 한 날짜가 촉박해 예식은 다음 해에 휴가를 내 돌아와서 하기로 하고, 내 비자 신청을 위해 혼인 신고부터 했다. 마치 번갯불에 콩 구워 먹듯이, 사귄 지 5개월 만에 일어난 일이었다.

남편이 나보다 한 달 앞서 영국으로 떠나기 전날, 배웅하기 위해 예비 시가에 갔다. 그때까지 예비 시부모님과는 서너 번 정도 만난 사이였다. 그날 시부모님은 준비해둔 케이크를 건네며 "우리 가족이 되어주어 고맙다. 잘 지내보자."고 하셨다.

거기까진 참 좋았는데… 덧붙인 어머니의 한마디.

"이제 친구 아니고 결혼한 사이이니 서로 '○○ 씨'라고 불러라."

스무 살 때 학과 동기로 알게 된 사이였기에 연애를 시작하고도 우린 특별한 애칭 없이 서로를 이름으로 불렀다. 그런데 갑자기 단 한 번도 불러본 적 없는 호칭을 쓰라니…. 당장은 입이 떨어지지 않았다. 하지만 예비 시어머니의 첫 충고와도 같은 말씀이니 신입 며느리인 내게 얼마나 큰 중압감으로 다가왔겠는가. 나는 뭐라 반박도 못 하고 그저 "네."라고 할 수밖에 없었다.

그날은 우리가 서류상 혼인 신고를 한 날이었고 '남자친구의 어머니' 역시 '남편의 어머니'로 신분이 바뀐 날이었던 것이다.

나는 그 뒤 시부모님을 만날 때 평소와는 다른 그 어색한 호칭으로 남편을 불러야 했다. 결혼했으면 정말 어른이 된 것이니 호칭부터라도 서로에게 예의를 갖추라는 의미로 이해했는데, 그 기준은 나에게만 적용되었던 걸까.

남편은 결혼 후에도 한 번도 내게 '○○ 씨'라는 호칭을 쓰지 않왔다. 늘 하던 대로 내 이름의 끝 자를 불렀고 시가에 가서도 조심하는 기색조차 없었다. 그런데도 어머니는 남편을 꾸짖거나 고치라는 충고 한번 하지 않았다. 그렇다면 그 말은 결국 시어머니의 아들인 남편을 잘 모시라는 명령이었던 걸까. 그것이 아들과 며느리 간의 위계를 정해준 말이었음을 나중에야 알게 되었다.

마음에 들지 않았던 시어머니의 지시는 아이를 낳은 후에 남편을 '○○ 아빠'라고 바꾸어 부르면서 과거의 일이 되었다. 지금의 나라면 이렇게 따져 물을 수도 있을 것이다.

"어머니, 남편은 저한테 ○○ 씨라고 안 부르는데 왜 아무 말씀도 안 하세요?"

돌이켜 생각하면 감히 시어머니 말에 토를 달지 못할 신분의 예비 며느리에게 던진 그 한마디가 나를 몇 년이나 옭아맸던 것이다.

힘의 우위에 있는 사람이 약자에게 미치는 말 한마디의 위력에 대해 생각해본다. 잘못된 것인지 아닌지 판단할 능력까지 유보하게 만드는 그 힘 말이다.

우리 가족이
되어주어
고맙다~
예쁘다!
두근거려!

준비는
됐겠지?
…응?
준비?

이제부터
잘해봐라
잔소리 안부
다른며느리와
낳아
전화 간섭
비교 화
간섭

너는 왜 버버리 안 보내니?

◇

영국에서 신혼 생활을 할 때 남편의 큰이모님 내외가 영국에 오신 적이 있다. 큰이모님은 시어머니의 큰언니로, 남편을 키우다시피 해주신 분이라 남편이랑도 각별하다고 했다. 영국에 살던 남편의 이종사촌 형이 결혼하게 되면서 형의 어머니인 작은이모님과 같이 겸사겸사 놀러 오시게 된 것이다.

우리는 큰이모님이 영국에 계시는 동안 우리 집에서 하루 머무르시게 하고, 런던 근교도 여러 곳 모시고 다니며 관광을 시켜드리기로 했다. 결혼하자마자 영국에 살게 되어 시가 행사에 참여하거나 시가 어른들을 뵐 기회가 없었던 나는 큰이모님 내외의 방문에 긴장한 상태였다. 시어머니와 각별한 자매간이니 내가 살림을 꼼꼼하게 하고는 있는지, 어른을 얼마나 잘 대접하는지 모두 시어머니 귀에 들어갈 거라 생각했기 때문이다.

다행히 두 분은 생각했던 것보다 훨씬 수더분했다. 나에게도 친절하게 대해주셨고, 영국에서 지내는 며칠 동안 즐거운 시간을 보내셨다. 나 역시 한국 마트에서 장을 봐다가 아침도 정성스럽게 한

식으로 대접하며 최선을 다했다.

두 분이 한국으로 돌아가기 전날, 쇼핑하고 싶다고 하셔서 근교의 아웃렛에 모셔다드리자 이모님은 고맙다며 좋은 냄비도 하나 선물로 사 주셨다. 그렇게 두 분은 한국으로 돌아가셨고, 잘 도착했고 고마웠다는 인사도 전하셨다.

나는 그제야 비로소 안도의 한숨을 내쉬었다. 계시는 동안 나에게 편하게 대해주셨지만, 아무래도 시어머니의 친정 어른들이시니 하나라도 실수하거나 섭섭하게 해드리면 안 된다는 마음의 부담감이 있었다. 여기까지는 아무 문제 없이 잘 마무리된 시가 어른 모시기 이야기이다. 여기에서 끝이었다면 얼마나 좋았을까.

며칠 뒤 시어머니에게 전화가 왔다.

"언니 잘 다녀왔다더라. 잘했다. 고맙다."

그렇게 말씀하시기에 다행이다 싶었는데 그 뒤에 이어지는 말씀은 할 말을 잃게 했다.

"언니는 새 며느리한테 가방 선물 받아 왔더라. 영국 거라고 좋다고 엄청 자랑하더라. 나는 내 것도 있을 줄 알았는데 우리 며느리는 안 보냈더라고."

귀국하는 이모님 편에 시어머니 선물을 보내지 않았다며 나를 타박하는 말씀이었다.

당시 우리 부부는 거주 비자를 받기 위해 혼인 신고만 한 채 영국에서 살고 있었다. 결혼식은 몇 달 뒤 한국에 돌아가 올릴 예정이었기에 시가 친척들과의 인사는커녕 시부모님과도 몇 번 만나지 못한 사이였다. 나라면 아직 두세 번밖에 본 적 없는 며느리의 신혼집에 친정 식구를 보냈으면 미안하고 고마웠을 것 같은데, 시어머니의 생각은 그게 아니었다.

아직 얼빠진 새내기 며느리였던 나는 시어머니의 말에 또 아무런 대꾸도 못 하고 그저 어설프게 웃어넘길 수밖에 없었다. 대신 결혼식을 위해 몇 달 뒤 한국에 들어갈 때 시어머니 선물로 버버리 가방 하나를 사 갔다. 뭔가를 기다리실 것도 알았고, 영국에 산다는 아들 부부를 자랑하고 싶어 할 '시어머니의 체면'을 위해서.

물론 지금의 나라면 시어머니에게 무조건적으로 잘 보여야 한다는 강박을 버렸기 때문에 마음에도 없는 고가의 선물을 하진 않을 것이다. 감사한 일이 있는 경우, 형편에 맞는 수준으로 준비할 것이다.

선물이란 주는 사람이 감사한 마음에서 우러나와 준비하는 것인데, 그 반대가 되니 아무런 의미가 없어진다. 옆구리 찔러서 받는 선물에 대체 어떤 기쁨이 있을까. '실수하더라도 처음이니 저를 좀 예쁘게 봐주세요.' 또는 '가족이 되어주어서 감사합니다.' 하는 진심의 선물이 아니라, '내가 네 시어머니이니 이 정도는 해라.' 또는 '이 정도면 되려나?'라는 계산이 들어가버리면 그 순간부터 그것은 선물이 아니다.

영국에 사는 동안 이따금 걸려온 전화를 통해 시어머니의 성격을 파악하게 되었다. 그저 전화로 안부만 전하는데도 갈등 상황은 생겼고, 나는 그때마다 다짐했다. 절대 한국에 돌아가지 않고 외국에서 쭉 살아야겠다고. 그런데 삶은 내 뜻대로 되지 않았고, 2년 반 만에 한국에 돌아와 시가 근처에 살게 되면서 나의 삶은 엉망진창이 된 것이다.

그래서 배가 아픈 게 아닌데

◇

영국에서 임신 5개월을 맞았을 즈음 남동생의 결혼 날짜가 잡혔다. 제법 배부른 티가 나기 시작했지만 몸이 무거울 정도는 아니었고, 입덧 지옥도 서서히 잦아들던 참이라 남편과 함께 한국에 다녀오기로 했다.

그때 남편은 영국에서의 회사 생활에 극심한 스트레스를 겪고 있었기 때문에 한국에 가는 김에 회사 몇 군데와 면접을 볼 예정이었다. 도착하면 우선 서울에서 면접을 보고 시가에 내려가 며칠 묵은 뒤 부산에서 열릴 동생 결혼식에 참석하는 것이 우리의 계획이었다. 오랜만에 가족들 얼굴 볼 생각을 하니 설레고, 친정엄마가 해주는 집밥과 그동안 못 먹은 한국 음식 먹을 생각에 너무 좋았다.

하지만 설레는 마음과 달리 임산부가 장거리 비행을 한다는 것은 쉬운 일이 아니었다. 한국에 도착하자마자 천근만근이 되어 호텔에 쓰러져 하룻밤을 보내고, 다음 날 남편과 함께 지하철에 올랐다. 남편은 인천 쪽으로 면접을 보러 가야 해서 홍대에서 전철을 갈아탔고, 나도 홍대에서 내려 이것저것 구경하며 남편을 기다릴 생각이었다. 그 모든 스케줄은 시가에 미리 알린 상태였다.

그런데 무엇 때문인지 시간 단위로 일정을 보고하지 않는 것에 화가 난 시어머니가 계속 전화를 했고, 핸드폰이 가방 안에 있어 몰랐다거나 전화를 못 받는 상황이 우연히도 두세 번 이어졌다. 네 번째인가에 전화를 받자 시어머니는 다짜고짜 소리를 빽 지르고는 전화를 끊어버렸다.

"너는 도대체 왜! 전화를 안 받냐! 어디냐?"

내일이면 아들 얼굴을 볼 텐데… 오늘 서울에서 우리가 무얼 하는지도 이미 다 말씀드렸는데… 내가 일부러 전화를 안 받은 것도 아닌데….

도무지 이해할 수 없었지만, 언제나 그랬듯 어머니의 모든 행동을 이해할 수 있는 것도 아니었기에 그러려니 했다. 그럼에도 한국에 오자마자 이런 스트레스를 받게 되자 다음 날 시가에 가야 하는 것이 너무 짜증스러웠다.

지옥 같은 입덧을 하던 세 달 동안 나는 하루 열 번씩 토하느라 아무것도 못 먹어 체중 미달 지경에까지 이르렀고, 울면서 방바닥을 기어 다녔다. 남편에게 제발 살려달라고, 내 인생에 또 임신은 없을 거라고 으름장을 놓으면서.

그런데 그 입덧이 겨우 끝나고, 하나뿐인 남동생 결혼식에 온 며느리에게 왜 그렇게 스트레스를 주는 건지. 나는 바다 건너 영국에서도 전화를 통해 시어머니에게 스트레스를 받고 있던 터라 또 이런 상황에 놓이자 어서 빨리 영국으로 돌아가고 싶은 마음뿐이었다. 영국에 가면 시차 때문에 통화라도 자주 못 하니. 그런데 무리한 비행과 갑자기 몰려온 스트레스 때문인지 배가 당기고 아프기 시작했다. 임신 중 한 번도 겪지 못한 상황이었다.

다음 날, 겨우 무거운 발걸음으로 시가에 도착하자 시어머니는 아무 일도 없었다는 듯 겉으로는 환대를 해주셨다.

나는 배가 계속 아픈 것이 걱정되어 근처 산부인과에 가서 진료를 받았다. 의사는 약간의 조기 수축이 느껴진다며 심각해지면 조산으로 이어질 수도 있다고 했다. 5개월에 조산이면 거의 사산을 뜻한다고 봐야 했다. 눈물이 주르륵 흘렀다. 심각함을 느낀 남편이 시부모님에게 말씀드려 예정보다 2, 3일 일찍 부산 친정으로 가게 되었다.

다행히도 통증은 친정에 가자마자 사라졌다. 1년 만에 만난 엄마 아빠가 임신한 딸 왔다고 보살펴주시니 그제야 마음이 편안해져서 안정이 된 듯했다.

동생 결혼식 날, 멀리 대전에서 오시기로 한 시부모님을 기다리고 있었다. 그런데 그날따라 축의금 받을 사람들이 늦게 오는 바람에 나와 남편이 축의금 받는 자리에 앉게 되었다. 일단 그 일을 시작하고 보니 중간에 갑자기 다른 사람에게 넘겨주기도 애매해서, 동생 결혼식도 제대로 못 보고 계속 바깥에 앉아 있다가 가족 사진을 찍을 때야 식장 안에 들어갔다.

시부모님은 하필 내가 축의금 받는 자리에 앉아 있을 때 급히 도착하셨고, 예식 내내 못마땅한 표정으로 눈치를 주셨다. 혼주라 가뜩이나 정신없는 엄마 아빠에게, 며느리 축의금 받게 한다고 한 말씀 하시기도 했다.

동생 결혼식에서 그 정도 일 좀 한다고 어떻게 되는 것도 아닌데. 설마 엄마인 내가 배 속의 아기 힘들 일을 무리해서 할까. 설마 내 부모님이 임신한 딸 힘들 일을 억지로 시키셨을까.

어머니, 저 그래서 배 아픈 거 아니에요. 어머니가 스트레스 왕창 줘서 그런 거잖아요!! 아시면서 왜 모른 척하세요?

한마디 하고 싶은 거, 좋은 게 좋은 거라고, 좋은 날이니 그냥 꾹 참았다.

하지만 막상 아이를 낳고 진짜로 엄마 되고 나니, 할 말은 하게 되는 용기나 뻔뻔스러움이 생겼다. 그걸 꾹 참았을 때 피해를 보고 상처받게 되는 것은 나 자신이거나 내 아이이기 때문이다. 그렇게 나도 자연스럽게 대한민국 아줌마가 되고 있었다.

두 번째 결혼기념일

◇

2016년, 우리에겐 참 많은 일이 있었다. 1월에 아이가 영국에서 태어났고, 5월에 네덜란드로 이사를 갔다가 7월에 완전히 한국으로 돌아왔다. 불투명한 미래, 빠듯한 생활에 지쳐 도망치듯 들어온 우리는 시부모님의 경제적 지원으로 구직 활동을 하게 되었고, 어쩔 수 없이 시가와 10분 거리의 집에서 여름과 가을을 보내야 했다.

영국에서 쓰던 우리 짐은 배에 실려 한 달 후에나 도착할 예정이어서 우리 세 가족이 지낼 임시 아파트부터 이불, 밥상, 수저 하나까지 다 마련해주신 시부모님이 안 계셨다면 한국 생활이 정말 힘들었을 것이다. 정말 감사해야 할 일이지만 시가 근처에 살기 시작하면서 모든 일상을 침범당하는 일이 잦아지자 내 정신은 나날이 피폐해졌다.

하루가 멀다 하고 시가에 불려 가야 했고, 사소한 먹을 것이나 필요한 것들을 챙겨준다는 명목으로 시아버지가 이틀에 한 번씩 불쑥불쑥 집으로 오셨다. 해외에서 신혼 생활을 하는 동안 간접적으로만 느끼던 시부모님의 온갖 간섭과 집착을 매일 실감하게 된 것이다.

그러던 10월의 어느 날이었다. 그날이 결혼기념일인 것도 잊은 채 나는 집안일과 아이 돌보기에, 남편은 입사 원서 쓰기에 여념이 없었다. 그날따라 시부모님의 전화도 없었다. 아이는 뭘 하는지, 지난번 가져다준 토마토 두 봉지는 다 먹었는지 전화하실 법도 한데 조용했다.

오후 늦게야 결혼기념일임을 기억해낸 남편이 오랜만에 기분이라도 내자고 해서 아이와 함께 근처 카페에 갔다. 근사한 레스토랑에서의 외식, 꽃다발 같은 건 못 할 형편이니 조각 케이크 하나라도 놓고 축하하고 싶었다.

카페에 가서 몇천 원짜리 커피 마시는 걸 시어머니는 무지무지 싫어하신다. 집에서 타 먹으면 되는데 허튼 데 가서 돈 쓴다고 생각하기 때문이다. 백수 부부가 카페라니, 절대 안 될 일이었기에 당연히 시어머니에게는 비밀로 할 참이었다.

달콤한 조각 케이크에 향긋한 커피, 세 식구가 도란도란 미소를 나누는 오랜만의 작은 사치에 한껏 감상에 젖어 있을 때 전화가 울렸다. 시아버지였다. 하필 그때 바나나 한 송이를 주려고 집에 들르셨다가 우리가 없자 화가 나서 전화하신 거였다. 들른다고 미리 말씀이라도 하셨다면 좋았을 텐데. 시아버지는 당신이 원하는 때에 바로 통화가 되지 않거나, 집에 들렀을 때 우리가 없으면 버럭 화를 내시곤 했다.

채 한 시간도 누리지 못한 카페에서의 작은 사치.

눈물이 핑 돌았다.

집으로 돌아갔더니 식탁에 바나나가 놓여 있었다. 시아버지가 현관 비밀번호를 누르고 들어와 놔두고 가신 거였다.

기가 막히고 화가 났다. 연락도 없이 오셔서 없다고 대뜸 화를 내고, 주인도 없는 집에 말도 없이 들어왔다는 사실이. 집 안이 어떤 상태였는지 황급히 살펴보며 나는 발가벗겨진 기분이 들었다.

그깟 바나나가 뭐라고. 그것은 핑계일 뿐, 어제도 실컷 본 손녀가 또 보고 싶어 오신 것임을 모르는 바는 아니었다.

그길로 바로 시집으로 달려가 저녁을 함께 먹었고 어머니에게 또 한 소리 들었다.

"너희들은 돈이 썩어 나자빠졌냐?! 돈도 못 벌고 한국 와서 빌빌거리고 있는 것들이 커피 사 마실 돈은 있더냐? 나는 커피숍 가서 커피 사 먹는 것들은 정신머리가 다 빠진 거 같어."

아무리 시가에서 지원을 받고 있다 해도 특별한 날 조금 부린 사치가 이 정도 욕을 들을 일이었나. 영국에서 남편과 단둘이 보낸 첫 번째 결혼기념일과의 너무나 확고한 대비가 나를 더욱더 슬프게 만들었다.

이날의 경험으로 우리는 점점 거짓말쟁이가 되어갔다. 부모님 보시기에 비싼 곳에 가서 식사할 일이 생기거나 여행이라도 가게 되면 지인들이 내는 거라고 한다거나, 제주도에 사는 친구 부부가 초대해서 가게 되었다거나, 여행사 다니는 친구 덕에 헐값에 비행기 표를 구했다고 말씀드리는 식이다.

어머니, 아들이 이렇게 거짓말쟁이가 되니 좋으세요?

솜씨 발휘 한번 해봐라

◇

시가는 차례와 제사를 지내지 않는 집안이다. 멀리 사는 큰아버님 댁에서 지내긴 하는데, 형제들 사이가 좋지 않아 명절에도 가지는 않는다. 그래서 따로 차례 음식을 준비하진 않고, 선산에 성묘 갈 때 시조부모님이 좋아하셨다는 빵이나 술, 과일 정도만 사서 가는 편이다. 남편이 어릴 때부터 그랬다니 이 전통(?)은 30년도 더 된 것인데, 한국에 들어와 맞이한 첫 명절을 앞두고 시어머니가 뜬금없는 말씀을 하셨다.

"며느리 들어왔으니 네가 솜씨 발휘 한번 해봐라!"

그 솜씨 발휘란 시어머니 본인은 며느리로서 단 한 번도 해보지 않은 일이다. 장사하신단 이유로 제사에도 참여한 적 없고 명절 음식도 하지 않은 까닭이다.

나는 친정에서 엄마가 1년에 총 일곱 번의 제사와 차례 준비하는 걸 봐왔고 도왔기 때문에 웬만한 것은 할 수 있었다. 친정엄마가 시어머니 안 계신 집안의 맏며느리로 얼마나 고충을 겪었는지 너무 잘 알기에, 결혼 전 시가가 제사 안 지내는 집안이라는 걸 듣고 얼마나 좋아했는데, 이 무슨 날벼락인지. 더 황당한 건 시어머니 당신은 바쁘니 나 혼자 다 준비해서 와야 한단다.

당시 아이가 8개월 무렵이라 기어 다니면서 한창 저지레를 해서 손이 많이 갈 시기였다. 남편에게 성묘 갈 때 어떻게 준비했었는지 물으니 예의 그 대답이 나왔고, 차례를 지내는 것도 아니기에 하던 대로 간단히 준비하면 되는 거로 생각했다. 이번에는 당신들 대신 아들과 며느리가 준비를 해보라는 뜻으로 이해한 것이다.

추석 오전, 준비한 것을 가져가 시어머니에게 보여드렸더니 눈빛이 험악해지면서 불호령이 떨어졌다.

"너는 대체 우리 집안을 뭘로 보는 거냐? 얼마나 우리 집안을 얕봤으면 이딴 걸 준비라고 해 올 수 있냐! 며느리가 되어가지고, 이걸 준비라고 한 거냐?! 제정신이면 이럴 수가 있냐? 너도 좀 봐라. 이게 집안 무시하는 게 아니고 뭐냐!"

늘 이렇게 해왔으니 이거면 될 거라고 했던 남편은 꿀 먹은 벙어리가 되었고, 나는 시어머니 앞에서 눈물을 펑펑 쏟아야만 했다. 그녀는 작정이라도 한 듯이 나를 쥐 잡듯 잡았다. 그날의 서러움은 도저히 잊히지가 않는다.

다시 제대로 솜씨 발휘를 해 오라는 말씀에 마트에서 전 부칠 재료를 사서 우는 아이는 내버려둔 채 꼬치구이, 호박전, 동그랑땡, 각종 튀김 등 처녀 때 엄마를 도와 하던 '솜씨'를 부렸다.

오후에 다시 들고 가니 합격. 이렇게 잘할 수 있는 걸 왜 안 해 왔냐는 기가 막히는 말씀까지 덧붙인다.

그 뒤의 명절은 다시 원래대로 돌아갔다.

"얘, 그건 내가 너 길들이려고 그랬던 거지. 처음이 중요하니까!"

한참이 지나서야 그때 일을 꺼내며 하신 말씀에 가슴이 턱 막혔다. 내가 길들여져야 하는 존재인가? 아들이 사랑하는 여자를 눈물 콧물을 쏙 빼게 울려서라도 '며느리'로 길들이는 것이 '시어머니'가 가진 권력인 걸까? 이 땅에서 '시댁'은 그런 하늘 같은 권력을 휘두르는 존재인 걸까?

결혼 후 시부모의 말에 토 달지 않고 고분고분 하라는 대로 하도록 길들이겠다는 속뜻은 곧, 며느리를 한 인간으로서 존중하는 대신 새로 들어온 강아지 취급을 하겠다는 것 같아 기분이 더러웠다.

새로 들어온 며느리
솜씨 한번 봐야지?

오, 잘하네?
다음부터는
간단히 하자구~

처음은
길들여야 해서
일부러 시켜봤어~

저는
강아지가 아니라서
길들일 필요
없어요!

누가 들어도 맞지 않는 비상식적이고 이상한 시가의 법칙. 새로운 가족을 길들여야 할 존재로 인식하는 사고방식. 답답함이 가슴을 짓누르는 희한한 세상이 시가에만 가면 나타난다.

사과의 방법

◇

며칠 후 시어머니가 저녁을 같이 먹자고 해서 시가에 갔다.

"거기 앞에 좀 앉아봐라."

또 무슨 말씀을 하려나 마음 졸이고 있는데, 시어머니가 서랍을 뒤적이더니 누런 24K 목걸이 하나를 내 앞에 툭 던지셨다.

"너 가져라."

이건 또 무슨 상황? 병 주고 약 주시나.

"아니에요. 어머니, 저 목걸이 필요 없어요. 어머니 하시지 왜 주세요."

"아니다, 그냥 너 가져."

목걸이는 옛날 할머니들이나 할 법한 올드한 디자인이었다. 영 내키지 않아 몇 번이나 더 사양했지만, 막무가내로 쥐여 주시기에 그냥 감사하다고 하고 받아 왔다.

나중에 남편에게 이야기했더니 "그거 엄마가 미안하다고 표현하는 거야."라고 한다. 명절 때 나를 울리고 혼낸 것이 미안하긴 한데 차마 미안하다는 말은 못 하고 그런 식으로 표현하는 거라고. 남편은 어머니의 그런 사과 방식에 익숙한 듯 한마디 덧붙였다.

"미안하다고 말할 분이 아니야. 자존심 때문에 사과는 못 하고 그렇게 주는 거니까 그냥 받아둬."

그런 일은 이후에도 여러 차례 반복되었다. 실컷 막말을 퍼붓고 나서는 며칠 뒤 금팔찌를 준다거나, 나 대신 아이에게 옷이나 목걸이를 사 주기도 하고 내 옷을 사 주기도 했다.

처음엔 미안하단 말 한마디 하기가 그렇게 어려운가 싶어 황당했는데 점점 나도 시어머니의 특이한 사과 방법에 익숙해졌는지 대부분은 그러려니 한다. 내가 어떻게 해도 시어머니는 바뀌지 않을 테니까. 며느리에게 험한 말 퍼부으며 상처 주던 사람이 어느 날 갑자기 천사 같은 시어머니로 변할 일은 없을 테니까. 어차피 모진 말 들을 거면, 그래, 친구들 말대로 뭐라도 주고 하시라 싶은 마음이 들었기 때문이다.

서울로 이사 온 후 추석을 맞아 시가에 내려갔던 어느 날, 어머니가 또 옷 한 벌을 사 주겠다고 했다. 2, 30대 여성 타깃의 브랜드 옷가게가 시가 근처에 있는데, 옷 교환권이 생겼으니 가서 사고 싶은 걸 사라는 것이다.

그런데 그날은 마음이 영 좋지 않았다. 그즈음 시어머니는 툭하면 전화해서 다른 집 며느리들이 둘째, 셋째를 가졌다며 나를 압박했다. 계속되는 비교로 상처받고, 시어머니가 내 삶을 좌지우지하려 한다는 생각에 넌덜머리가 나서 엄청 껄끄러운 마음으로 오랜만에 내려간 참이었다.

내 마음은 너덜너덜해졌는데 옷 한 벌로 대신하겠다고? 내 마음이 고작 옷 한 벌 값인가? 내 마음은 금목걸이 하나 값인가? 나는 시어머니가 마음대로 화풀이하고 막말을 해도 옷 한 벌 사 주면 감사합니다 하고 헤헤 웃어야 하는 욕받이인가? 선물이라고 주는 건데 왜 내 마음은 더 비참해지는 걸까?

그 브랜드 옷은 사실 내가 좋아하는 스타일도 아니었고, 사 놓고 입지도 않는 건 더 싫기에 사양했지만 결국은 이번에도 나는 졌고, 남편과 같이 옷가게에 가서 그나마 무난한 스타일의 카디건과 치마 하나를 샀다.

별로 받고 싶지도 않은 선물을 받아 들고 와서 내가 계속 뚱해 있자 남편이 한 소리 했다.

"그래도 좀 웃어."

그 말이 너무 어이없어 헛웃음만 나왔다. 하지만 솔직한 내 마음을 남편에게, 아니 사실은 시어머니 면전에서 소리 지르고 싶었다.

옛다!
휙!
!
!!
엄마가
미안하다는 표현을
하는 거야
좀 웃어~

알겠어,
잠깐만~

어머님,
감사합니다
끼잉
찌잉

이런 거 다 필요 없으니 나를 인격적으로 대해달라구요!!

사람이 다른 사람에게 미안한 일을 했을 때 용서를 받고 관계를 회복할 수 있는 가장 빠르고 확실한 방법은 무엇일까? 상대방의 마음을 움직일 사과의 방법은 단 한 가지뿐이다. 진실한 마음으로, 진실한 말로 미안함을 표현하는 것.

'며느라기' 신드롬

◇

연인들은 서로의 아내와 남편이 되기 위해 결혼하지만, 한국에서 여성은 결혼과 동시에 (어쩌면 전부터) 말석을 배정받아 시가의 공공재이자 윤활유이며 활력소로 우선 기능할 의무를 부여받는다.

- 수신지, 《노땡큐 _며느라기 코멘터리》 중에서

인스타그램 연재로 화제가 되었다가 단행본으로도 나온 수신지 작가의 《며느라기》 만화를 다시 읽어보았다. 《며느라기》의 후기 형식으로 작가와 가족들 인터뷰를 엮은 《노땡큐 _며느라기 코멘터리》와 함께.

연재 중일 때 끊어서 한 편씩 읽던 것과는 조금 다른 느낌이었다. 고구마 천 개를 먹은 것 같은 답답함과 그에 따라 꼬리에 꼬리를 무는 생각들까지 몰려오며 후폭풍이 더 세졌달까. 연애부터 시작해 결혼과 시가에서의 일화들, 그녀의 사색과 깨달음까지 한 번에 파노라마처럼 펼쳐지니 더 그랬던 것 같다.

책의 끝부분에는 인스타그램 연재 중 독자들이 남긴 댓글 일부도 실려 있었다. 책에 실리는 걸 동의한 분들의 댓글 중 공감 가는 말들을 실었다는데 그대로 내도 되나 싶을 만큼 격한 반응도 많았다. 예를 들면, 할아버지 제삿날 먼저 일찍 가서 도우라는 새신랑 무구영에게 어떤 이는 "할아버지 옆에서 같이 제삿밥 먹고 싶은가 봄."이라고 했고, 명절날 아침 시어머니 음식 준비하는 소리에 먼저 일어난 아내를 두고 "5분만."이라며 더 자는 그에게 "평생 자라."고 하는 것 등등.

가슴 치게 만드는 주인공의 답답한 상황에 공감하는 것 이외에도 《며느라기》를 보는 또 다른 재미는 '이건 바로 내 이야기'라는 '동지'들의 수많은 댓글이었다.

연재를 받아주는 플랫폼이 하나도 없어서 인스타그램으로 연재를 시작했다는《며느라기》는 왜 그렇게도 많은 며느리의 공감을 사며 대 히트 작이 된 걸까?

주인공 민사린은 결혼하고 시어머니의 첫 생신을 맞아 시부모에게 '예쁨받기' 위해, 또는 잘 보이고 싶어서, 처음이니까 등의 이유로 생신 전날 시가에 가서 자게 된다. 생신날 저녁에 다 같이 외식하는 거로 생각을 해뒀지만, 시누이의 한마디에 다음 날 출근해야 하는 피곤을 무릅쓰고 시가에 가게 된 것이다. "내일 아침에 엄마 미역국 끓여드리면 진짜 좋아하실 것 같은데….”라는 시누이의 말.

그런데… 과연 그 말을 한 시누이나 아들인 무구영은 부모님 생신에 손수 미역국을 끓여드린 일이 있을까? 민사린 역시 결혼하기 전 친정 부모님을 그렇게 대접해드린 적 있을까? 무엇이 그녀를 너무도 당연하고 자연스럽게 남의 집 부엌에 선뜻 들어가게 하고, 시부모에게 사랑받기 위해 노력해야만 하는 존재로 만든 걸까? 아니, 왜 그녀는 스스로를 그런 존재라고 생각하게 된 걸까?

명절날 시누이 부부가 왔으니 와서 같이 저녁 먹자고, 처갓집에 간 아들 부부를 다시 부르는 이야기도 나온다. 진정한 극사실주의다. 결국 가지 않겠다는 민사린과 싸운 남편 무구영은 혼자 본가에 가게 되고, 아버지와 단둘이 집 안에 남겨지는 어색한 상황이 생긴다. 그 순간 그는 생각한다. ‘사린이가 있었다면… 같이 왔으면 얼마나 좋아.’라고. 시아버지 역시 “그러니까 네가 사린이를 데려왔으면 됐잖아.”라고 아들을 타박한다.

한국에서 여성은 ‘결혼과 동시에 말석을 배정받아 시가의 공공재이자 윤활유이며, 활력소로 기능할 의무를 부여받는’ 현실을 기가 막히게 잘 반영한 에피소드다.

아직도 너무도 많은 며느리가 ‘며느라기’가 되어, 또 다른 ‘민사린'이 되어 살아가고 있다. 나도 모르게 어느새 내 등에 잔뜩 올려져 있는 그 짐을 더는 길은 오직 좀 더 많은 사람이 목소리 높여 이야기하는 것뿐이다. 나도 그래서 힘들다고, 이것은 분명 잘못된 일이라고.

엄마의 명절

◇

나의 아버지는 육 남매 중 장남으로 내게는 고모가 넷, 삼촌이 한 분 계신다. 할머니는 아버지가 어렸을 때 돌아가셔서 할아버지 혼자 육 남매를 키우셨다. 그런 집안의 장남과 결혼한 엄마는 홀시아버지를 모시고 살며 어린 막내 삼촌과 고모의 뒷바라지까지 맡아 해야만 했다.

엄마는 내가 네 살일 때 동생을 낳았는데, 두 아이를 키우면서도 새벽에 일어나 재수생이던 삼촌의 도시락까지 싸는 등 힘든 시집살이를 했다고 한다. 육 남매 중 유일하게 대학에 간 막내 고모는 대학생이 될 때까지 우리와 같이 살았다. 어린 시누이와 시동생까지 보살피며 키우다시피 한 우리 엄마는 고모들 입장에선 일찍 돌아가신 엄마 대신이었다.

어린 시절 내 기억 속 엄마는 언제나 지쳐 보였고, 할아버지의 매정한 성격 탓에 우는 일이 많았다. 할아버지는 내가 20대 후반일 때 돌아가셨다. 엄마는 30년 가까이 시아버지를 모시고 산, 그 시대의 흔한 희생의 상징, 맏며느리였던 것이다.

고모들이 모두 비슷한 시기에 결혼을 해 나에게는 줄줄이 비엔나소시지처럼 한 살 터울로 태어난 사촌 언니, 동생들이 많았다. 그래서 명절만 되면 할아버지가 계신 우리 집으로 고모들과 사촌들이 몰려들었다. 아주 어렸을 때는 가끔 밀양에 있는 외갓집에 가기도 했는데, 언젠가부터는 명절에도 가지 않았다. 외가에도 외삼촌들이 줄줄이 있어서 또래의 외사촌들이 많았지만, 명절에도 가지 않게 되자 외사촌들과는 점점 멀어졌다. 이종사촌 언니의 결혼식에 갔다가 훌쩍 어른이 되어 만난 외사촌 오빠는 10년 만이어서인지 길에서 마주치면 모르고 지나갈 만큼 낯설었다.

엄마가 명절에도 친정에 가지 못한 이유는 오후만 되면 고모들과 사촌들이 몰려들었기 때문이다. 오랜만에 보는 또래의 사촌들과 놀 생각, 또 고모들과 삼촌에게 세뱃돈 받을 생각에 나와 동생에겐 명절이 그저 즐겁기만 한 날이었다. 그런 명절에 왜 엄마는 더 힘들어 보였는지 어린 나는 알 턱이 없었다.

고모들은 각자의 시가에서 차례를 지낸 뒤 친정인 우리 집에 모여 꼭 하룻밤 자고 갔다. 육 남매 일가가 모두 모이면 스무 명도 넘는 대식구가 되는데, 엄마 혼자 그 많은 손님들을 대접하느라 명절이 지나면 꼭 한 번씩 앓아눕곤 했다.

시간이 흘러 내가 며느리가 된 뒤에야 그때 엄마가 명절마다 얼마나 힘들었을지, 얼마나 친정에 가고 싶었을지 헤아리게 되었다.

엄마가 며느리이고 올케이고 아내이던 시절보다 많은 것이 변했지만 여전히 며느리들은 명절을 싫어하고, 시가를 어려워하고 고부 갈등은 계속되고 있다. 고부 갈등이 원인이 되어 이혼까지 이어지기도 한다. 세상은 변하고 있는데 고부의 문제는, 며느리가 시가에서 겪는 불합리와 부당함은 왜 이다지도 천천히 변하는 것일까.

그저 내 아내가 좀 참으면 되는 문제로 치부한 남편, 나도 겪은 일이니 당연히 내 며느리도 그래야 하는 일로 생각하는 시부모, 화가 나고 괴로우면서도 말하지 못하고 묵묵히 나쁜 관행들을 이어온 며느리들 모두가 문제였지 않을까.

큰 변화가 눈에 보이기까지는 오랜 시간이 걸리겠지만 시작은 어렵지 않을 수도 있다. 나부터 변한다면 모든 것이 시작될 것이다.

군소가 뭐라고…

◇

한국으로 들어와 집 정리가 어느 정도 되고, 갑작스러운 환경 변화에도 적응하고 나자 부산 친정에 가기로 한 날이 되었다. 1년 만에 부모님을 뵈러 가는 것이었다. 부산에 내려가기 전 인사드리려고 시가에 잠깐 들렀는데, 남편과 함께 앉은 자리에서 시어머니가 말씀하셨다.

"부산 가면 거, 자갈치시장 가서 군소 좀 사서 보내라. 내가 죽은 생선(?)은 안 먹어도 회랑 그거는 먹는다 아이가."

어머니는 생선구이 안 먹는다는 표현을 이렇게 하신다.

남편과 나는 군소라는 단어를 그때 생전 처음 들었다. 부산에서 나고 자랐다고 해서, 모두가 해산물에 대해 잘 알거나 즐기는 것은 아니다. 내가 회를 먹기 시작한 것은 서른이 다 되어서였다.

당시 내가 시부모님 때문에 스트레스를 많이 받는 걸 알고 있었던 남편은 상황을 빨리 끝내기 위해 알겠다고 하고는 부산으로 내려갔다.

대전 아파트에는 에어컨도 없어서 몇 년 만에 겪는 한국의 불볕 더위를 견디기가 무척 힘들었는데, 에어컨 빵빵하게 나오는 친정으로 오니 살 것 같았다. 오자마자 시부모님에게는 잘 도착했다는 전화를 드리고 며칠 아이 돌보는 데 집중하며 맘 편하게 지냈다. 6개월 된 아이는 막 이유식을 시작해야 할 시기라 내 정신은 온통 아이에게 팔린 상태였다.

그러다 시어머니의 전화를 받았다. 잠시 잊고 있던 군소 이야기였다. 중요한 방학 숙제를 완전히 잊고 지내다 개학 전날에야 갑자기 깨달은 것 같은 그 심정이란!

부랴부랴 군소를 사러 나가는 남편을 보며 같이 갈까 잠시 고민했으나, 낯가림이 심해 나하고 떨어지면 우는 아이까지 두고 갈 수가 없어 남편 혼자 보냈다. 남편은 집을 나가기 전 인터넷으로 어디에서 군소를 구할 수 있는지 알아보았지만, 결국 찾지 못하고 집에서 가까운 수산 시장으로 향했다. 도착해 한참을 찾다가 보이지 않아 상인들에게 물어보니 군소는 매일 살 수 있는 것이 아니고, 잡힌 날만 소량씩 판매한다고 했단다. 홀로 군소를 찾아 헤매던 남편은 결국 시어머니에게 전화해 군소는 구할 수 없다고 얘기하고 대신 비싼 돌문어를 택배로 보냈다고 했다.

여기까지는 내가 가진 상식선에서 충분히 일어날 수 있고, 이해할 수도 있는 일이다. 그런데 몇 시간 후 황당한 일이 벌어졌다. 내 전화벨이 울리며 시어머니임을 알리는 표시가 보이자 나는 무언가 잘못되었음을 느꼈다. 가슴이 답답해져왔다.

어머니의 목소리는 심술과 화로 가득 차 있었다.

"너는 같이 좀 가서 고르지 어찌 네 남편만 보내냐! 네 엄마도 있으면서 애 맡겨놓고 가면 되지! 친정 가서 편하게 노느라고 내 말은 홀라당 잊어먹었냐?"

내가 어디에 있는지 잊으신 걸까? 1년 만에 친정에 쉬러 간 며느리에게 어찌 그런 전화를 할 수 있을까? 남편과 나는 군소가 뭔지도 모른다고 말씀드렸는데 내가 뭘 안다고 애까지 두고 따라가서 그걸 고르라는 거지? 도대체 그게 왜 중요한 거지?

그 뒤 시아버지가 또 비슷한 내용의 전화를 했고 우리는 일정을 당겨 다음 날 바로 시가가 있는 대전으로 돌아갔다. 돌문어는 냉장고에 그대로 보관되어 있었고, 어머니는 나를 본체만체하셨다. 문어 손질도 생전 처음이었다. 밀가루로 박박 문질러 삶아보았는데 한 입도 드시지 않아 결국 또 냉동실행이 되었다.

정말 어머니 머릿속에 들어가보고 싶은 순간이 한두 번이 아니었다. 어떤 과정을 거쳐 그런 말이 나오는 걸까.

전혀 예상치도 못한 전화를 받은 당시의 나로 돌아간다면 이렇게 말할 것이다.

"어머니, 어머니가 먹고 싶다고 하셔서 어머니 아들이 구하러 갔는데 못 구했어요. 저는 제 아이 생각에 같이 못 갔고요. 도대체 왜 화가 나신 건가요?"

아랫사람에게 대접받고 싶으면 존경할 만한 모습을 보여주면 자연스레 되는 것일 텐데. 강요에 의한 대접은 사이를 더 멀어지게만 할 뿐이다.

영원한 숙제

◇

TV 채널을 돌리다가 〈다문화 고부 열전〉이란 프로그램이 방송 중이면 가끔 보게 된다. 시금치의 '시' 자가 싫어 시금치도 안 먹는다는 대한민국의 며느리요, 고부 갈등이라면 끔찍한 사람이 뭔 남의 고부 갈등 이야기까지 보냐 싶기도 한데, 이상하게 보게 된다. 사람에게는 누구나 관음의 본능이 있다더니, 남의 이야기를 몰래 들여다보는 데서 오는 재미를 무시할 수 없는 걸까.

이 프로그램은 '다문화'라는 제목처럼 주로 태국, 베트남, 필리핀, 우크라이나 등 외국에서 우리나라로 시집온 외국인 며느리와 시어머니의 갈등 상황을 보여준다. 같은 언어를 쓰는 한국인 며느리와 한국인 시어머니도 서로 생각이 다르고 세대가 다르고 원하는 바가 달라 갈등이 생기는데, 말이 제대로 통하지 않는 고부 사이의 갈등이야 말해 무엇 할까.

그런데 가만히 살펴보면 의사소통이 원활하지 않아 상황이 더 꼬여 있을 순 있지만, 갈등이 생기는 이유는 우리와 별반 다르지 않다. 시어머니는 귀하게 키운 아들을 어느 날 갑자기 젊은 며느리에게

빼앗긴 것 같아 속상한데 아들놈이 제 아내 편만 드니 더 야속하고 섭섭하다. 그런데 그 화살이 애꿎은 며느리에게 돌아가곤 한다. 외국인 며느리는 낯선 타국에서 의지할 데라곤 남편뿐인데, 나이 차이 많이 나는 무심한 남편은 따뜻한 위로 한마디 건넬 줄 모르고, 시어머니는 이거 해라 저거 해라 부려먹기만 하고, 타국에서 내 편 하나 없이 가슴속에 슬픔과 화만 쌓여가는 것이다.

프로그램은 며느리와 시어머니의 화해 구도를 위해 고부가 함께 며느리의 친정 나라로 여행을 떠나는 과정으로 이어진다. 그곳에서 시어머니는 며느리의 새로운 모습들을 보게 된다. 익숙한 곳에서 익숙한 음식을 먹고 가족들과 행복한 표정으로 이야기 나누는 며느리의 밝은 모습. 한국에 있을 때와는 전혀 다른 모습이다. 그곳에선 시어머니가 이방인이다. 대부분의 경우 말도 안 통하는 외국에서 이방인으로 살아가야 하는 며느리의 입장을 어느 정도 이해하게 된 시어머니와 며느리가 진심을 나누며 눈물을 쏟는 해피엔딩으로 이야기는 끝이 난다.

이 프로그램을 볼 때면 영국에서 이웃으로 지냈던 영국인 할머니가 떠오른다. 그 할머니와는 아직도 이메일로 소식을 주고받는데, 내가 에세이를 쓰고 있다고 했더니 무슨 내용이냐며 궁금해했다.

서구권에도 우리나라 같은 고부 갈등이 있을까 궁금해서 시어머니와 있었던 일화들을 몇 가지 알려주니, 놀라워하며 그거 써도 괜찮겠냐고 물었다. 그러고는 한국만큼 심하지는 않지만 영국에도 고부 갈등이 존재한다고 했다. 그곳에도 시부모나 친정 부모가 손주를 돌봐주는 일이 있기 때문에 육아 문제로 많은 갈등을 겪는다고 했다.

고부 갈등이 국경을 넘어, 세대를 넘어, 언제 어디에나 존재한다고 생각하니 차라리 조금 위안이 되면서도 한편으론 영원히 없어지지 않을지도 모른다는 생각에 슬퍼졌다. 그러나 시어머니와 며느리 사이는 영원히 풀리지 않을 숙제인 걸까… 로 끝나면 너무 무기력하고 슬퍼진다. 왜곡되고 뒤틀린 고부 사이, 그로 인한 문제를 슬기롭게 해결하기 위해 나는 글을 쓰는 것이다. 이 글을 읽는 당신도 그런 마음 아닐까?

사 먹는 김치도 맛있어요

◇

가을비가 재킷을 꺼내 입게 하더니, 라디오에서 〈잊혀진 계절〉이 흘러나왔다. '아직도 기억하고 있나요~ 10월의 마지막 밤을~'

정신 차리니 11월, 올해도 끝을 향해 달려가고 있다. 안심하긴 이르다. 우리는 이미 설, 추석 두 번의 명절과 어버이날, 그리고 시아버지 시어머니 생신까지 이겨냈지만 한 해의 마지막 행사, 김장이 남아 있기 때문이다. 누군가에겐 해당 없는 사항, 누군가에겐 명절만큼이나 허리 빠지게 일해야 하는 날이다.

나는 김치를 스물아홉 살에야 먹기 시작했다. 그것도 영국에서 신혼 생활을 하면서. 평생을 김치 못 먹는 아이로 놀림을 받고 살았는데, 하필 늦바람이 들어 타지에서 멸치 액젓까지 넣어가며 김치를 직접 담가 먹었다. 그냥 평생 안 먹었더라면 좋았을 텐데. "어머니 저는 김치 안 먹어서 괜찮아요. 애 아빠 먹을 것만 좀 보내주세요." 해버릴 수 있게 말이다.

때는 2016년 11월 말, 매서운 추위가 시작되던 무렵이다. 그리고 하필 그해에 시아버지는 농장에 배추를 심어 수확을 앞두고 있었다. 아이는 10개월, 영국에서 돌아와 맞는 첫 겨울이었고 시가에 경제적으로 많이 의존하고 있었기에 우리 부부에겐 발언권과 결정권이 거의 없었다.

그런데 그동안 곁에 없던 아들 며느리가 돌아와서였을까. 일평생 김장을 해본 적 없다던 시어머니가 갑자기 마당에서 김장을 해보자고 하셨다. 영국에서 내가 김치를 담가 먹었다니 '어디 얼마나 하나 보자.' 싶은 마음도 있으셨을 거다.

"나는 한 번도 안 해본 사람이니 네가 해봐라.", "친정엄마한테 물어보면서 하면 되겠네." 같은 말씀을 여러 번 하셨다. 남편도 나도 거부할 명분이 없었다. 어차피 힘 쓰는 일은 시아버지와 남편이 할 테니 어디 해보자 싶었다.

그 시기에 남편은 5개월의 노력 끝에 이직에 성공했고, 길게만 느껴지던 반(半) 시집살이의 끝이 보이기 시작했다. 남편이 경력직 합숙 입사 교육에 가 있는 동안 아이를 데리고 부산 친정에 내려가 있을 생각에 나는 들떠 있었다. 게다가 곧 시부모가 계신 이 지역을 떠나 서울로 달아날 테니 김장이 대수랴!

하지만 그것은 나의 오산이었다. 끝도 없는 배추를 마당에서 씻고 다듬는 수고는 두 분이 해놓으셨지만 나는 그 추운 날 시린 손 호호 불어가며 소금물에 배추를 절여야 했다. 게다가 불똥은 애먼 데로 튀어서 부산에 내려가는 길에 절인 배추를 차에 싣고 가서 친정엄마와 김장을 하라는 엉뚱한 결론에 도달한 것이다.

그 결론에 도달한 과정은 상세하게 기억나지 않는다. 그러나 시어머니 시아버지는 사업하느라 매우 바쁘지만 친정엄마는 전업주부란 점, 시어머니가 한 번도 김장을 해보지 않은 점, 결국 나와 남편이 먹을 것이니 맛있게 하는 게 좋겠다는 점 등이 이유로 거론되었던 것 같다. 그 과정을 친정엄마에게 설명드리자니 어찌나 머쓱하고 죄송하던지.

소금물에 절인 배추는 엄청나게 무거웠다. 시부모님, 남편, 나까지 넷이서 돌아가며 승용차 트렁크 가득 절인 배추를 싣고 있자니, 이 무슨 고생인가 싶었다. 이걸 부산까지 들고 가느니 벌인 김에 여기서 후딱 해버리고 싶은 생각도 들고, 부산에 도착해서도 아파트 26층인 친정집 거실까지 옮길 생각에 가기도 전에 지쳐버렸다.

하지만 엄마의 '딸 가진 죄인', '그래서 네가 귀염받는다면' 하는 심정이 반영되어 어쨌든 김장은 성공적으로 마쳤다. 친정집과 동생네까지 그해 김장을 해결했으니 감사할 일이긴 했다. 이 모든 과정에서 엄마와 내가 마음을 다쳤다는 점만 빼면 말이다.

그해 겨울, 배추는 대전에서 부산으로 갔다가 햇김치가 되어 일부는 대전 시가로, 일부는 이사 가는 서울 집으로 다시 전국 일주를 하게 되었다. 친정에 가서 김장 담가 오라는 말은 당연하게도 시부모 먹을 것도 해 오라는 뜻이었다.

친정엄마는 딸이 한국에서 새 출발하는 데 경제적 보탬을 못 주었다는 이유로, 시부모님이 바쁘시다는 이유로 사돈네 김장을 해주시고, 그것도 모자라 서울로 따라와 이사 정리까지 도와주셨다. 돈으로 보태주는 대신 몸으로 때운 것이다.

이런 식으로 짜증 나고 슬픈 결론에 도달하는 사건들이 종종 있었고, 그때마다 나는 친정이 가난해서 물질적으로는 도움이 되지 못하니까, 또는 우리 엄마는 돈 안 버는 주부니까, 또는 내가 맞벌이 안 하고 육아만 하고 있으니까 등의 이유로 스스로 작아져야만 했고, 자존감은 나날이 떨어졌다.

자존감은 우울증과 직결된다. 출산 후 복직하기 전까지, 또는 아이를 어린이집에 보내기 전까지 수많은 여성이 산후 우울증과 만성피로에 시달리며 자기를 내려놓게 된다. 시부모님의 태도는 나의 산후 우울증과 경제적 무능함, 친정의 가난함, 갑작스러운 두 번의 국제 이사에 따른 모든 스트레스를 강화하는 기제로 작용하며 나를 갉아먹고 있었다.

김장에 따른 다른 사건도 있었지만, 고이 넣어두련다. 지금은 친정엄마가 주시는 김치와 아주 가끔 직접 담가 먹는 김치, 마트에서 사 먹는 김치로 어찌어찌 연명하고 있다.

시가에 갈 때마다 시어머니는 남편 좋아하는 열무김치 등을 따로 싸 주시지만, 내 입맛에는 맞지 않아 결국 버리는 경우가 많다. 남편이 집에서 저녁 먹는 일이 주중에는 한 번 있을까 말까 하기 때문인데, 결국 버린다고 아무리 설명해도 억지로 주시니 어쩔 도리가 없다. 그렇게 해서 시어머니 마음이 편안해지신다면 음식물 쓰레기봉투 값 정도야, 곰팡이 핀 김치며 반찬들 정리하는 수고 정도야 감수해야 하는 거라고 생각할 만큼, 나도 좀 변했기 때문이다.

그깟 김치, 사 먹어도 돼요. 꼭 어머니가 만든 김치 안 먹어도 아들 죽지 않아요. 그리고 친정엄마는 저에게 소중한 분이에요. 사돈네 김장 담가주는 사람이 아니라구요!

이 이야기는 김치란 단어 하나에 딸려 나올 수 있는 며느리 머릿속 수만 가지 생각 중 일부라고 생각한다. 그러나 각자 사연은 달라

친정 가서
김장 좀 해와
엄마, 미안…
흑흑
네가
사랑받을 수
있다면야…
101

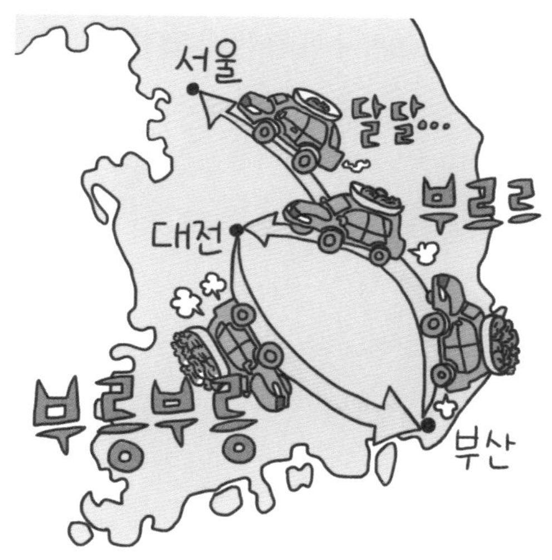
서울
달달...
부르르
대전
부릉부릉
부산

1년뒤
이번 김장은...
저희 김치 벌써 샀습니다!

도 김치와 시어머니의 조합이 만들어내는 스트레스에는 많이들 공감할 것이다.

며느리는 시어머니가 시키는 일이라면 무슨 일이든 다 해야 하는 그런 존재가 아니다. 하물며 사돈이야 말해 무엇 할까. 이제는 제발 며느리도 사돈도 그렇게 함부로 대하면 안 된다는 걸 좀 알아주시면 좋겠다. 삶을 한참이나 덜 산 며느리가 가르쳐드리지 않아도 당연히 아셔야 하는 내용인 것도 말이다.

여자들은 치유되지 않아요

◇

말로 **여자들은 치유되지 않아요.**

툴리 **치유돼요.**

말로 **아니에요. 겉으론 멀쩡해 보여도 자세히 들여다보면 컨실러 범벅이죠.**

산후 우울증과 육아 우울증을 겪으며 무너져 내리던 여주인공 '말로'가 영화 〈툴리〉에서 한 말이 내 마음을 툭 건드렸다.

영화는 육체적으로, 정신적으로 병들어가던 세 아이의 엄마 말로가 야간 보모 '툴리'를 만나면서 변해가는 과정을 보여준다. 친해진 툴리에게 어느 날 안 좋은 일이 있었고, 이제와는 반대로 말로가 툴리를 위로하는 과정에서 저 대사가 오갔다.

결혼한 여성의 우울증은 대부분 출산과 육아, 그리고 그에 따른 신체적·정신적 변화, 경력 단절, 고부 갈등 등에서 기인한다. 그런 면에서 산후 우울증과 고부 갈등에 따른 기혼 여성의 우울증은 닮은 점이 많다. 게다가 남편이 방관자적 태도를 보이면 증상은 더 심해져 부부 관계에도 단절이 생기고, 앙금이 굳어져 돌아올 수 없는 강을 건너기도 하는 것이다.

'겉으론 멀쩡해 보여도 자세히 들여다보면 컨실러(얼굴의 잡티 등을 가리기 위해 화장 전 국소적으로 바르는 짙은 농도의 스틱이나 액체형 화장품) 범벅'이라는 말, 즉 여자에게 한번 생긴 상처는 눈속임으로 가릴 수는 있을지 몰라도 본질적으로 치유되긴 힘들다는 단순한 비유의 대사가 마음에 참 와닿았다.

나는 출산 전 심한 입덧으로 고생한 거에 비하면 산후 우울증은 크게 겪지 않았다. 육아 우울증 역시 평범하게 지나갔다. 누구나 죽을 만큼 힘들다는 신생아 시절 한두 달 정도만 '내가 미쳤지, 애는 왜 낳았나. 애는 왜 이렇게 미친 듯이 울기만 하나. 제발 두 시간만 연달아서 자보고 싶다.'라며 좀비처럼 지냈을 뿐 이후에는 육아가 오히려 재밌고 행복했던 기억이 더 많다. 대신 피 터지는 고부 갈등으로 수많은 눈물을 흘리며 남편과의 사이가 멀어지곤 했고, 가끔 이혼을 생각하기도 했다.

언젠가 별 좋은 일요일이었다. 시어머니와 평소보단 훨씬 다정하게 통화하다가 어머니가 뭐에 기분이 확 상하셨던 건지 갑자기 공격을 퍼부었다. 둘째를 낳느니 안 낳느니 하는 문제로 대화하던 끝이었던 것 같다. 아직도 정확하게 기억하는 그녀의 말은 "너는 쌍둥이 낳았냐? 너는 못 했잖아!"였다.

시어머니가 말한 '쌍둥이 낳은 여자'란 어머니에겐 사돈이고 나에겐 올케인, 내 남동생의 아내였다. 올케는 쌍둥이를 가졌다가 유산을 겪어 너무나 힘들어하는 중이었는데, 시어머니에게까진 굳이 알릴 필요가 없었기에 시가에서는 내 올케가 쌍둥이를 임신 중이라고만 알고 있는 상태였다.

시어머니의 말을 듣자 순간적으로 설움이 폭발하듯 밀려들었고, 나도 모르게 꼭지가 확 돌아버려서 옆에 남편이 운전 중이든 말든, 뒤에 아이가 있든 말든 마구 소리를 질러버렸다.

"어머니! 그러는 어머니는 왜 아들 하나만 낳으셨어요? 어머니도 쌍둥이 못 낳아 놓고 왜 저한테 뭐라고 하시는 거예요? 지금이 무슨 조선시대예요? 전 둘째 낳을 생각 하나도 없어요! 어떻게 어머니는 같은 여자로서 그런 말씀을 하실 수 있어요?"

나는 전화를 내동댕이치고는 대성통곡을 하며 엉엉 울어버렸다.

처음에는 "엄마 또 한잔하셨나 보네. 험한 소리 듣지 말고 대충 빨리 끊어."라고 하던 남편도 내가 우는 걸 보고는 화가 머리끝까지 났는지, 집에 들어가자마자 방문을 쾅 닫고 들어가 어머니에게 전화를 걸었다.

"진짜 엄마 때문에 아들 이혼하는 꼴 보고 싶어?"

남편이 고래고래 소리 지르며 어머니와 싸우는 소리가 한참이나 이어졌다.

그 일이 있고 난 뒤 어머니 얼굴을 보기는커녕 목소리도 듣기 싫었지만, 이대로 인연 끊고 평생 안 보는 일이 있더라도 그동안 쌓인 한풀이는 죄다 해버리자 싶어, 내가 먼저 전화를 드렸다. 나는 그동안 섭섭했던 어머니의 모든 막말에 대해 조곤조곤 따졌고, 말하는 도중에도 계속 목이 메어 꺽꺽거렸다. 그러자 나의 그런 태도를 처음 마주한 어머니도 좀 당황하셨는지 오히려 더 세게 나오시는 거였다. 나는 마지막 수를 던졌다.

"어머니, 저 어머니 막말 때문에 너무 가슴에 맺힌 게 많고 화병이 나고 우울증 와서 다음 주에 정신과 상담받으려고 했어요."

이에 질세라 어머니도 말씀하셨다.

"안 그래도 나도 내일 정신과 가보려던 참이야. 우울증 와서. 며느리는 딱딱 말대꾸하고, 전화도 안 하고, 아들은 천치처럼 제 마누라 편만 들고! 내가 너희들한테 뭘 그렇게 못 해줬냐! 밤낮으로 허리 한번 못 펴고 일해서 너희들 다 주려고 그러는 거지. 나는 천 원 한 장도 허투루 안 써."

늘 하던 똑같은 레퍼토리가 구구절절 이어졌다. 어머니도 울고 있었다. 우리 둘은 한 시간가량 그렇게 서로에게 쏟아붓고 울고 할퀴며 한풀이를 했다.

어머니는 막말의 대가였지만, 당신 또한 아들과 며느리에게 또는 시아버지인 남편에게 나름 섭섭한 포인트가 있다는 것은 나도 알고 있었고, 어느 정도 이해되는 부분이기도 했다.

시부모님은 아들 며느리가 자주 전화해주기를, 손녀 자주 보여주기를, 딸이 없으니 며느리가 딸처럼 살갑게 굴기를 바라셨다. '아니, 그렇게 쉬운 거면 된다고? 그저 매일 전화만 드리면 그 많은 유산이 외동아들인 우리 차지이고, 뭐든 다 해주실 거라고? 나 같으면 매일 가서 절이라도 하겠다.'라고 할 사람도 있을 것이다.

남의 일이니 말은 참 쉽다. 나라고 왜 그런 생각을 해보지 않았겠는가. 천 번도 만 번도 더 했다. 하지만 내 상처에 딱지가 앉기도 전에 어머니는 굵은 소금을 쫙쫙 뿌려댔고, 상처는 곪고 곪아 도저히 회복 불능의 상태가 되어버렸다.

나는 시가에서 지원받는 전세 자금이나 장래에 받게 될 유산 따위에 아무런 관심도 없다. 그걸 주고 얼마나 들들 볶을지 생각하면 치가 떨리니, 차라리 연락과 지원을 끊고 원룸으로 이사 가는 게 좋다고 남편과 싸울 때마다 말하곤 했다.

누구도 그 사람이 되어 그 삶을 살아보지 않는 이상 함부로 말할 수는 없다. 시부모님이 재벌이거나 막말로 당장 내년에 돌아가실 병에 걸렸다고 해도 나는 친딸처럼 살가운 며느리가 될 수 없다. 험한 말도 웃음으로 받아내고, 원하시는 대로 둘째도 낳고, 내 꿈과 내 주도적인 삶까지 포기하는 그런 인간이 되고 싶지 않다.

내가 인생을 한 해 두 해 살면서 더 속물적으로 변하거나 더 능글맞아지거나, 막말조차 한 귀로 흘려들을 만큼의 내공이 쌓이면, 막말 능력과 경제력을 동시에 가진 시어머니를 오히려 반길지도 모르겠다. 하지만 아직은 그게 안 된다.

내 상처는 회복될 수 있을까?

영화 〈툴리〉의 대사처럼 나는 영원히 치유되지 않을지도 모르고, 어머니 역시 당신 기준에서 나에게 받은 상처가 치유되지 않을 것이다.

지금은 그저 아픈 상처에 약을 발라주는 사람이 남편이 되길 바랄 뿐이다. 그리고 언젠가는 이 상처가 아물길, 그래서 내 삶의 기준과 방향은 내가 정할 수 있는 그런 단단한 사람이 될 수 있길 바랄 뿐이다.

이야기 던지기, 김지영과 미쓰백

◇

베스트셀러 《82년생 김지영》이 영화로 만들어지면서 다시금 화제에 올랐다. 국내뿐만 아니라 일본, 중국과 동남아시아에까지 진출해 많은 아시아 여성들의 공감을 받고 있다고 한다.

그런데 영화평에 대한 한 조사 결과가 매우 흥미롭다. 조사에 따르면 영화에 대한 남성의 평점은 1점대, 여성은 9점대라는 극과 극의 결과가 나왔다. 영화를 본 여성들은 '바로 내 이야기'라며 공감했고, 일부 남성들은 꼴통스러운 대상에 붙는 접두사인 '꼴'과 페미니즘을 나타내는 '페미'를 결합해 '꼴페미' 영화라며 폄훼했다.

그들의 논리는 여성들이 힘들게 사는 동안 남성들은 더한 정신적·육체적 노동에 시달렸다는 것이다. 그동안 남자들은 일 안 하고 놀았냐, 왜 그렇게 여자로서 당한 피해 의식에만 갇혀 있냐, 남성이 받아온 역차별은 생각하지 않느냐가 그들의 주된 논리이다.

물론 아내와 같이 영화를 본 뒤 아내가 그동안 결혼해서 아이 키우느라 회사 그만두고 거의 혼자서 애쓴 것에 공감해주는 남편도 있었다고 한다.

나는 운전 경력 8년 차로 그 어렵던 평행 주차도 이제 곧잘 하고, 좌회전 신호를 위해 5차선에서 1차선으로 이동하는 것쯤은 쉽다고 느끼는 베테랑 드라이버이다. 그런데도 운전 중에는 꼭 한두 달에 한 번꼴로 남자들의 욕지거리나 '여자가 집에서 밥이나 하지 핸들은 왜 잡느냐'는 멸시의 눈빛을 받는다. 그런 일은 옆자리에 남편이 앉아 있을 때는 절대 일어나지 않는다. 일어나더라도 남편이 되갚아주기(?) 때문에 든든하달까. 참 슬픈 현실이다.

하지만 여성들은 일상적으로 겪는 일이라는 것을, 일상적으로 겪어오지 않은 남자들이 어떻게 이해할 수 있을까. 이런 얘기는 여자들의 엄살이나 과장, 거짓말이 아니다.

다시 영화 이야기로 돌아와서, 대중들의 선택을 받는다는 것은 그만큼 '공감'의 요소가 있다는 뜻 아닐까? 최근에 소설을 읽고 바로 영화까지 본 입장에서 말해보자면, 소설과 영화의 완성도는 제쳐두고라도 이 이야기는 아주 평범한 여성을 주인공으로 한 흔해빠진 이야기이다. 흔하다는 것은 많은 여성이 공감하듯이 30대 여성들의 평범한 일상에서 소재를 가져왔다는 뜻이다.

얼마 전 읽은 〈시사IN〉의 '불편할 준비'라는 기획 기사가 떠오른다. 한지민 주연의 영화 〈미쓰백〉에 관한 내용이었다.

이지원 감독은 〈미쓰백〉이 '우리나라에 있는 투자사에서 다 까인 시나리오'였다고 했다. 주연배우를 남자로 바꾸면 투자하겠다는 제안은 있었다고 한다. 하지만 여성 중심 영화라는 이유로 투자 유치에 실패할 때마다 이지원 감독은 아동 학대라는 무거운 주제라도, 여성 배우가 얼마나 노출을 했는지 혹은 '미모를 얼마나 포기'했는지로 홍보하지 않아도 극장을 찾아줄 관객이 분명 있을 것으로 생각했다고 한다.

결국, 많은 여성 관객들의 연대로 영화는 누적 관객 70만을 넘어서며 손익분기점을 넘겼단다. 직접 가서 볼 수 없으니 영혼만이라도 보낸다는 '영혼 관람' 예매와 SNS를 통해 자발적으로 뭉친 팬덤 관람객들이 예매권을 선물하거나 상영관을 빌려 단체 관람을 추진한 결과였다.

하지만 일정 기간 개봉된 영화들을 분석한 결과를 보면, 남성 중심의 영화가 절반을 훨씬 넘을 뿐 아니라 그나마도 여성은 수동적인 조력자 정도의 역할을 맡는 경우가 많았고 한다. 또한 인공지능으로 영화들을 분석해보니 자동차와 등장하는 성별은 주로 남성, 가구나 주방을 배경으로 등장하는 성별은 주로 여성이었다고 한다.

이 지표들은 무엇을 말해주는 걸까? 영화와 소설 같은 대중문화 속에서도 남성이 주도적인 역할을 맡고, 남성 중심의 서사가 여성

중심의 서사보다 훨씬 많이 존재하고 담론화되고 있다는 뜻 아닐까. 편향적인 이야기들은 편향적인 사회 계층 구조를 더 공고히 하는 데 사용된다.

김지영과 미쓰백을 그저 여성이 주인공인 여성 서사의 하나로 봐 줄 수는 없을까? 남성 가장의 무게나 삶의 피로는 그토록 많은 대중문화의 소재로 써먹으면서 어째서 여성의 서사는 세상에 내놓기만 해도 이토록 많은 논란을 불러일으키는지 의문이다.

내가 쓰고 싶은 며느리 이야기도 그래서 시작되었다. 누군가는 해야 할 이야기이고, 아직도 이 땅에서 많은 며느리가 실제로 겪고 있는 일이니까.

그들은 누군가의 아내, 엄마, 누나, 여동생으로 살아가고 있는 바로 내 가족이다. 이 책은 바로 그들에 대한 이야기이다. 그리고 더 늦기 전에 바꾸지 않으면 사랑하는 내 딸이 되풀이하여 겪을지도 모를 참담한 일이기도 하다.

Chapter 2

그 선을 넘지 마오

왜 그랬냐?

◇

첫아이가 세 돌을 맞을 무렵 둘째를 임신한 것을 알게 되었다. 이미 두 해 전에 임신을 했다가 초기에 유산을 겪고 인공 임신중절수술까지 받은 경험이 있어, 세 번째 임신이 달갑지는 않았다. 아니, 그 지독한 입덧을 생각하면 임신하는 것이 두려웠다. 그렇지만 내가 외며느리인지라 시가에서는 눈이 빠지게 두 번째 손주를 기다리던 참이었다.

원하지 않던 아이였지만 막상 배 속에서 자라고 있는 걸 보자 새록새록 소중한 마음이 들기 시작했다. 잘 키워보리라 다짐하고 곧 시가 쪽에도 임신 사실을 알렸다.

지옥 같은 입덧을 견디고 견디다 첫째라도 좀 수월하게 돌보자 싶어 아이를 데리고 부산 친정으로 내려갔다. 하지만 아이 어린이집 출석일을 채우기 위해 한 달도 안 돼 서울로 올라왔고, 마침 다음 날이 산부인과 정기 검진이었다.

여전히 변기를 부여잡고 울며불며 하루를 보내고 있었지만, 입덧에 약간의 차도가 있는 것이 첫째 때에는 없었던 입덧 약 덕분인 줄만 알았다.

병원 침대에 누워 초음파를 보는데 의사가 "아기 잘못되었네요." 라고 아무런 표정도 없이 기계적으로 내뱉었다. 도저히 받아들일 수도, 믿기지도 않는 일이었다. 나는 당연히 아무런 마음의 준비도 되지 않은 상태였다. 경험이 있다고 해서 그 충격과 괴로움이 익숙해지는 건 결코 아니다. 크기를 보았을 때 아기는 이미 한 달 전에 잘못된 것 같다고 했다.

출산을 앞둔 만삭의 산모들이 내지르는 비명과 갓 태어난 아기 울음소리를 들으며 차가운 수술대 위에 누워 있는데, 시부모님의 얼굴이 떠올랐다. 슬퍼할 남편의 얼굴은 그다음이었다. 입덧하느라 시부모님에게 안부 전화를 소홀히 한 것이 머릿속을 스쳤다.

도저히 직접 전화할 용기가 나지 않아 남편을 통해 소식을 알렸다. 남편이 유산 소식을 전하자마자 어머니는 불같이 화를 냈다고 한다.

"남들 다 하는 임신, 유세하느라 전화해도 얼굴도 안 비치더니! 다시는 연락하지 마라!"

그 말을 듣고는 더더욱 어머니에게 전화할 마음이 들지 않았다.

그래도 직접 말씀은 드려야겠기에 그나마 마음을 다잡고 시아버지에게 전화를 드렸다.

"왜 그랬냐?"

시아버지의 첫마디였다. 나는 무엇을 바란 것일까.

"죄송해요. 죄송해요. 아버님."

꺽꺽 울면서 죄송하단 소리를 연거푸 하고서야 전화를 끊었다. 그제야 온갖 서운함과 속상함, 슬픔이 몰려들었다.

아이를 잃은 것이 나의 잘못인가? 지금 이 순간 나보다 슬픈 사람이 있을까? 어찌 저리도 모질게 말씀하시는 걸까. 두 번째 손주를 안아볼 날을 고대하던 마음이 한순간 사라져 속상할 수 있지만, 그 마음 잠시 접어두시고 "아가, 네 몸은 괜찮냐?" 한마디 먼저 해주셨다면 얼마나 좋았을까.

진짜 가족이 되는 일. 그것은 기쁨보다 슬픔을 나눌 때 가능한 일이었다.

아기
잘못되었어요

남들 다 하는 임신
유난을 떨더니!
다신 연락하지 마라!
탕

어머님이
화나셨으니…
아버님께…

왜 그랬냐!!
퍼엉

'젖' 같은 소리 하지 마세요

◇

시아버지가 하신 말씀 중 끔찍하게도 싫었던 말이 있다. 그것은 유산 후 "왜 그랬냐?"는 모진 말도 아니고, 아이 더 낳기를 종용하며 "너 아이 다섯 낳는다고 하지 않았냐?" 하신 말씀도 아니다.

나는 아이가 돌이 될 때까지 일 년 동안 분유 없이 모유로만 키웠다. 아이가 6개월쯤 되었을 때 한국으로 돌아와 시가 옆에 살게 되었는데, 그 뒤 한 달 지났을 무렵 이유식을 시작했다. 그래도 아직 하루에 네다섯 번 정도는 모유를 같이 먹였다. 두 시간 간격으로 하루 열두 번을 쉼 없이 젖소마냥 가슴을 내주어야 하는 시기는 아니지만, 여전히 모유는 아이가 목이 마를 때나 이유 없이 울며 보챌 때 만병통치약으로 쓸 수 있는 훌륭한 처방제였다.

어느 날 시아버지와 남편, 나 그리고 아이 이렇게 넷이서 차를 타고 가고 있었다. 시아버지 차였기 때문에 아기 카 시트가 없어서 내가 아이를 안고 뒷좌석에 앉아 있었는데 갑자기 아이가 도저히 달래지지 않을 정도로 울기 시작했다. (카 시트의 중요성에 대해서도 여러 번 말씀드렸지만 관철되지 않았다. 우리 차의 카 시트를 옮겨 다는 수고를 감수하기보다는 '운전 살살 할 테니 대충 안고 가도 된다.'라는 대답만 돌아올 뿐이었다.)

아이는 배고플 타이밍도, 기저귀가 젖지도, 졸릴 시간도 아니었다. 아마 생각보다 오래 걸린 차 안에서의 시간에 짜증이 났던 것 같다. 짜증 섞인 거센 울음소리는 차 안을 가득 메우며 운전을 방해할 정도가 되었고, 모두 신경이 곤두섰다. 마지막 수단으로 모유를 먹여보고 싶었지만 차 안에서 이동 중에 먹이고 싶지도 않았고, 시아버지가 같이 있는 공간에서는 더더욱 싫었다.

결국 조수석에 있던 남편에게 눈짓 손짓으로 작게 말하며 모유 좀 먹이게 차를 세워달라고 했는데 시아버지가 들으셨는지 한마디 하셨다.

"어이구, 그냥 여기서 해. 내가 네 젖 먹냐?"

순간 나는 차 안에서 대성통곡하고 있는 아이보다 더 크게 소리를 지를 뻔했다.

이 무슨 끔찍한 단어 선택이며 낯 뜨거운 망언이란 말인가!

가끔 맘 카페에서 보던 시부모의 '젖젖젖 타령'이 떠올랐다. 수유

중에 방문 벌컥 열고 들어와 아무렇지 않게 젖은 잘 나오냐고 주물럭거려보거나 한마디씩 한다는 시어머니 사연. 혹은 아기 젖 먹는 모습이 예쁘니 시아버지 앞에서 좀 보여주라는 정신 나간 시어머니도 존재했다. 이 모든 상황에서 며느리들은 수치심에 떨게 되고 화가 치솟는다. 심지어 유축해서 얼려놓은 며느리 모유를 몸에 좋다며 몰래 꺼내 먹는 시동생이나 시아버지에 대한 사연은 경악할 지경이다.

왜 남의 가슴에 그렇게들 관심을 가지며 시가는 유독 모유 타령을 하는가. 그리고 모유라는 단어가 있는데 도대체 왜 젖소도 아닌 며느리에게 젖이라는 단어를 사용하는가. 이는 한 여자를 '젖을 생산하는 존재'로만 취급하는 인격 모독이며 지독한 육아 간섭이다.

나는 도저히 참을 수가 없어서 시아버지에게 큰 소리로 말했다.

"아버님! 제가 싫어서 그래요. 무슨 그런 끔찍한 말씀을 하세요! 다시는 그런 말씀 하지 마세요. 차 좀 세워주시고 밖에서 기다려 주세요."

아이 양육에 대한 결정권은 부모가 가지고 있다. 모유를 먹이고 싶다고 다 먹일 수 있는 것도 아니고, 모유 양이 적거나 아이가 거부하거나 유선염에 잘 걸리거나 회사에 빨리 복직해야 하는 사정으로 빨리 단유를 하기도 한다. 분유를 먹여 키워서 애가 자주 아프다는 시부모의 듣기 싫은 잔소리를 며느리들은 언제까지 참아야 하는 걸까. 지읒으로 시작하는 그 단어는 이제 젖소에게 돌려주자. 우리는 아이의 엄마로서 각자 최선의 방법으로 아이를 키우고 있으니.

내 몸은 누구의 것인가

◇

지금이 어떤 시대인데 아들이 꼭 필요할까. 출산율이 바닥을 치는 이 마당에 아들이고 딸인 것이 왜 중요한지 모르겠지만 시부모님의 생각은 달랐다. 도대체 왜냐고 몇 번을 되물어보아도 명확한 이유는 나오지 않았다.

내가 아이는 하나면 충분하다는 생각을 이따금 내비치니까 그냥 하나는 더 낳으라는 뜻으로 하신 말씀인 줄 알았는데, 어느 날엔가 시어머니를 통해 시아버지의 생각을 듣게 되었다. 시아버지가 콕 집어서 "아들 하나는 있어야 해."라고 하셨단다. 두 분은 손녀 아닌 손자도 원하고 있었다.

첫아이를 가졌을 때 우리 부부는 영국에 살고 있었는데, 동생 결혼식에 참석하려고 한국에 들어오기 전날이 산부인과 정기 검진일이었다. 그날 아이 성별을 알게 되었고, 가족들에겐 직접 만나면 알려주려고 비밀로 해두었다.

한국에 들어와 시가에 갔을 때 남편이 다 같이 있는 자리에서 시부모님에게 말씀드렸다.

"딸이래요. 엊그제 병원 갔다가 알았어요."

"딸도 괜찮아."

이게 시어머니의 첫마디였다.

나는 시어머니의 첫마디에 들어간 조사 '도'를 놓치지 않았다. 시아버지는 아무 말씀이 없으셨다. 시부모님과 우리 부부, 네 명 사이에 잠시 어색한 침묵이 흘렀다. 그러자 시어머니가 얼른 한마디를 덧붙이셨다.

"딸이 더 좋아."

아주 예상하지 못한 반응은 아니었지만 속상했다. 잠시 '애 낳아도 안 보여드릴까 보다.'란 생각이 들 만큼. 내가 서운해하는 걸 눈치챈 남편이 잽싸게 화제를 돌렸고 그렇게 '딸도 괜찮아' 사건은 슬그머니 넘어가버렸다.

물론 아이를 낳고 나니 너무 예뻐하셔서 오히려 손녀에 대한 집착과 간섭이 힘들 지경이었지만 그때의 섭섭함은 가슴 한편에 그대로 남아 있다.

그 뒤 나는 아이를 두 번이나 유산하는 아픔을 겪으면서 더는 임신, 출산, 신생아 육아의 괴로움을 반복할 마음이 없어졌다.

그렇게 아이를 외동으로 키우겠다는 마음을 굳히고 있을 때 시어머니로부터 "네 시아버지가 아이를 기다리신다."란 말을 들었다. 거기까지는 그런가 보다 하겠는데 이어진 표현에는 소름이 끼칠 지경이었다.

"네 시아버지가 어디서 들었다는데, 유산하고 나서 몇 달 안에는 아이가 더 잘 들어선다더라."

그 말을 듣자 내가 시가에 종속되어 아이 낳는 도구가 된 것 같았다. 그리고 '나는 전혀 인격적으로 대우받지 못하고 있구나.' 하는 생각이 들었다. 내가 슬픔을 곱씹으며 망가진 몸을 추스르는 몇 달 사이 시부모는 '이쯤 되면 며느리가 다시 아이를 가져야 하는데 소식이 없네.'라고 생각했다는 게 끔찍했다. 비록 시아버지의 지인 중 누군가 그런 몰상식한 말을 했을지언정, 아무 생각 없이 그것을 시어머니에게 옮긴 시아버지가, 또 그것을 나에게 옮기는 시어머니가 원망스러웠다. 어머니의 말에 나는 이렇게 답했다.

"어머니, 저 아직 몸 회복도 완전히 안 되었는데 그런 말씀 하시니 속상해요. 둘째 문제는 부부인 저희가 의논해서 정할게요."

둘째 낳는 문제로 시부모와 갈등을 겪을 때마다 몇 년 전 정부에서 저출산 대책이랍시고 내놓은 '대한민국 출산 지도'가 떠올랐다. 지역별 가임기 여성 수 통계를 지도에 표시한 것으로 여성을 가축 취급한다는 논란을 일으키며 여성들에게 격렬한 비난을 받은 바 있다. 여성을 국가가 관리하는 공공재나 출산을 위한 도구로 취급했다는 비난이었다. 이렇게 많은 가임기 여성이 있는데도 여성이 아이를 낳지 않아 저출산 문제가 심각해지고 있다며, 저출산의 책임을 여성에게 전가한 것이다.

출산율을 높이려면 정시에 퇴근하는 것이 당연한 세상, 아이를 낳으면 육아 휴직하는 것이 당연한 세상을 만들고, 안심하고 아이를 맡길 수 있는 좋은 보육 시설을 많이 만들면 된다는 것을 정말 몰라서 그런 걸 대책이라고 내놓은 것일까?

묘하게 닮아 있는 시부모와 국가의 여성의 몸에 대한 폭력성.
내 몸은 정말 누구의 것인가.

가지각색의 참견쟁이들에게

아이 손잡고 길을 나서는 대한민국의 엄마들이라면 언제 어디서나 참견쟁이들의 대상이 된다.

"어이구, 딸 하나야? 예뻐라. 그런데 아들 하나는 더 있어야겠다. 엄마한테 남동생 낳아달라 그래. 알았지?"

"딸내미 둘이야? 하나 더 낳아. 아들 하나는 있어야지."

이런 말을 들을 때마다 한숨이 터져 나온다.

아직도 약하게나마 남아 선호 사상이 남아 있기 때문에 어르신들의 '아들 낳아라' 하는 공격은 기분은 안 좋아도 그러려니 할 수 있다. 문제는 아들 둘의 손을 잡아끌고 다니느라 기진맥진한 엄마에게도 "아이고, 엄마한텐 딸이 있어야지. 하나 더 낳아." 하는 식의 공세가 이어진다는 것이다.

이들은 아파트 엘리베이터에서, 마트 계산대에서 마주치는 생면부지의 여성들에게 아무렇지 않게 오지랖을 부린다. 당하는 입장에서는 '대체 당신들이 뭔 상관이야! 당신들이 낳아서 키워줄 거야?!' 라고 소리 지르고 싶지만 대부분 어르신들이기 때문에 무시하거나 그냥 웃어넘기게 된다.

모르는 참견쟁이의 공격이야 기분 한번 나쁘고 넘겨버릴 수도 있다. 문제는 가족 사이에서 벌어지는 출산 강요이다. 특히 이 문제는 고부 관계에서 자주 일어난다.

딸만 낳은 며느리에게 아직도 구시대적 발상으로 아들을 강요하는 시부모나, 부부만의 문제여야 할 가족 계획을 시부모(또는 희박하지만 친정 부모)가 간섭하게 되면 그것은 더 이상 웃어넘길 문제가 아니라 일종의 폭력이 된다.

여성의 몸은 출산을 위한 도구가 아니다. 모든 여성은 원하지 않는 임신을 중단할 권리가 있다. 임신과 출산이 여성의 삶을 완전히 변화시킬 수 있는 중대한 일임에도 국가가 나서서 인공 임신중절수술을 불법이라 규정하는 것은 여성의 자기 결정권을 침해하는 것이다.

2019년 4월 11일 헌법재판소는 낙태죄 처벌에 대해 '헌법불합치' 결정을 내렸다. 헌법불합치란 해당 법 조항이 헌법에 위반되는 것을 인정하지만, 즉시 효력을 잃을 경우 법적 공백으로 사회에 혼란을 야기하므로 법 개정에 시한을 두는 것을 말한다. (국회는 2020년 말까지 낙태 관련법을 개정해야 한다.) 기존의 낙태죄가 낙태한 여성과 의료진만 처벌하는, 여성의 기본권을 존중하지 않는 불합리한

악법이었음을 헌법재판소도 인정한 것이다.

물론 생명을 잉태하고 출산하는 일은 고귀한 일이다. 그 과정은 여성의 몸을 통해서 이루어진다. 따라서 자신의 신체에 대한 결정권을 그 몸의 주인인 여성이 가지는 것은 매우 마땅한 일이다.

둘째를 낳느냐, 셋째를 낳느냐, 또는 아이를 하나도 낳지 않겠다고 결정하느냐는 여성만이 선택할 수 있는 권한이다. 결혼한 부부라면 당연히 서로 합의하에 2세 계획을 가져야겠지만, 부부 이외의 제삼자 누구도 출산을 강요할 수는 없는 것이다.

이 당연한 권리가 당연한 듯이 지켜지는 날이 오기를, 누구도 원하지 않는 출산 문제로 상처받지 않는 날이 오기를 바란다.

센 여자, 예민한 여자

◇

간혹 남편이 하는 말 중에 나를 꼭지 돌게 하는 말이 있다. 바로 "네가 너무 예민한 거 아냐?"라는 말과 "좋은 게 좋은 거라고 그냥 네가 좀 참고 넘어가면 안 되겠냐?"라는 말이다.

나는 그 말이 정말 싫다. 시어머니가 막말을 쏟아낼 때마다 내가 느꼈던 온갖 서러움과 분노를 그저 남의 일, 또는 '너 하나만 참으면 그냥 넘어갈 수 있는 일'로 치부하는 것 같아 더 화가 난다.

남자와 여자를 편 나누기 하고 싶진 않지만, 으레 남자들은 이상형으로 예쁜 여자 다음으로 '착한 여자'를 꼽는다. '착하다'의 본래 의미는 다른 사람에게 공감을 잘 해주고, 약자를 돌볼 줄 알고, 선의를 베풀 줄 안다는 뜻 아니었나? 그런데 어찌 된 일인지 남자들 사이에선 '착한 여자'가 '센 여자' 즉, 남자들이 느끼기에 '자기 할 말 다 하는 여자'의 반대어로 통용된다.

한술 더 떠서 남자들은 결혼해서도 아내가 계속 착한 여자로 남아 있기를 바란다. 아들인 자기는 단 한 번도 부모님 생신에 미역국 끓여드린 적 없으면서, 아내는 착한 며느리로서 꼬박꼬박 생신상 차려드리기를 바라고, 명절에 시가 먼저 가는 것에 반기를 들지 않는, 모든 것을 순종적으로 받아들이는 여자이길 바라는 것이다.

지금은 대부분 여성도 남자와 똑같이 대학에 가고 직장에도 다니지만, 옛날에는 여자는 많이 배울 필요 없다고 여겼다. 여자가 똑똑해지면 말이 많아지고, 순종적인 여자에서 벗어난다고 생각했기 때문이다. 어째서 잘못된 것은 잘못되었다, 속상한 것은 속상하다, 똑 부러지게 할 말 하는 여자가 센 여자 또는 예민한 여자로 치부되는 걸까. 그 논리는 여자가 남자의 부속품처럼 여겨지던 시절부터 시작된 것일까.

인스타그램 웹툰으로 시작해 많은 여성의 분노와 공감을 일으키며 책으로도 출간된《며느라기》에서 주인공 민사린의 윗동서로 등장하는 전혜린이 시가 어른들에게 그런 취급을 받는다. 옛날부터 여자들이 군말 없이 해온 잘못된 관행을 잘못되었다고 말하는 당돌한 며느리, 굳이 불편한 걸 불편하다고 티 내 모두를 불편하게 만드는 '착하지 않은 여자'로 말이다.

전혜린은 며느리라면 당연히 해야 하는 일로 여겨온 시가 제사에 가지 않는다. 그리고 혼자 힘들게 제사 노동을 한 동서 민사린에게 말한다.

"저는 그것이 동서와 내가 해야 할 일이라고 생각하지 않아요. 그래서 사린 씨에게 미안하지도 않아요."

이 말에 사린은 잘못된 것을 시부모나 남편에게 말하지 못하고 애꿎은 형님 탓을 했던 자기를 반성한다.

부당하고 불합리한 것, 불편한 것에 대해 당당히 말하는 것은 예민한 여자라서가 아니다. 자기 감정에 솔직한 것이며, 자기 생각을 똑바로 말할 수 있는 것은 좋은 능력이다. 그동안 침묵하던 여자들이 불편하다고, 잘못되었다고 말하기 시작한다고 해서 모두를 '프로 불편러'라 치부하고 말면 문제는 해결되지 않는다.

잘못된 것을 고치기 위해 누군가는 계속 말해야 한다. 그것은 용기 있는 행동이다. 잘못된 걸 알고도 방관하는 사람, 용기 있는 자를 예민한 사람으로 치부하는 사람이 잘못된 것이다.

요즘 인터넷에도 이런 '프로 불편러'를 조롱하는 댓글들이 자주 보인다. 나는 그런 몰상식한 댓글들을 보며 오히려 불편함을 느끼는 진정한 '프로 불편러'로 계속해서 살 것이다. 아직은 조롱하는 댓글에 '비공감'을 누르는 소심한 '프로 불편러'일지라도 나는 계속해서 '불편해하는' '센 여자'로 살기 위해 용기를 내고 싶다.

꽃을 밟지 마시오

쓰레기는 쓰레기통에

당연한 말도,
써 붙이지 않으면
다들 까먹는 모양이야

어머님,
저희 왔어요~
딩동~
○하대하시면
기분 나빠요
○막말하지 마세요
○예의 지켜주세요

앞치마와 그릇 세트

◇

언젠가 시가에 가서 다 같이 저녁을 먹고 잠시 이야기를 나누던 중이었다. 시아버지가 건넛방에 '며느리 줄 선물'이 있다며 말씀을 꺼내셨다. 생일이라고 해도 용돈을 조금 주시거나 축하 전화 정도 하시는 분들이라 굳이 '선물'이라고 할 만한 걸 받아본 적은 없어서 대체 뭘까 궁금해졌다. 며느리가 좋아할 모습에 흐뭇하신 건지 웃음 띤 얼굴로 나에게 직접 가서 가져오라고 하셨다. 방에 가면 상자가 하나 있을 거라면서.

당시는 시부모님의 간섭과 집착 때문에 스트레스 지수가 한창 높아져가던 시기였는데, 갑자기 선물이라니 조금은 설레는 마음으로 건넛방에 갔다. 그러나 상자를 발견한 순간 내 표정은 굳어버렸다. 그것은 홈쇼핑에서 물건을 사면 사은품으로 주는 촌스러운 그릇 세트였다. 사은품으로 딸려 온 그릇 세트를 며느리에게 주는 선물이라며 생색내시다니, 기분이 좋을 리가 없었다.

그 뒤 또 한번은 시어머니가 시장에서 아이 내복이며 신발을 이것저것 사 오시면서 내 것도 하나 샀다며 뭔가를 건네주셨다. 열어

보니 알록달록한 앞치마였다. 앞치마와 그릇 세트라니. 환상의 콤비이지 않은가.

어쩌면 아무렇지 않게 지나갔을 이 선물이 그날따라 그릇 세트 사건과 겹치며 왜 그렇게 나에게 크게 다가왔던지. 당연히 어쩔 도리 없이 "감사합니다." 하고 지나가긴 했지만 분명 내 표정이 좋지는 못했을 것이다.

시가에 가면 이렇게 표정 떨떠름해지는 일이 많이 생긴다. 선물이라고 주시는데 화를 낼 수도 없고, 억지웃음도 나오지 않는 어정쩡한 상황.

대놓고 주방에서 쓰는 걸 선물이라고 주시면 아들 밥 좀 잘 챙기라는 잔소리로 들리지 않을까? 내가 과잉 해석하는 걸까?

남편과 똑같이 회사 다니며 맞벌이하는 내 친구들 중에도 시어머니에게 앞치마를 선물이라고 받은 예가 꽤 많았다. 그 선물을 받았을 때 친구들도 그런 생각이 들었다고 한다.

나도 똑같이 회사 다니며 돈 버느라 고생하는데, 밥은 나 혼자 하라고? 출근 준비하기 바쁜 와중에 아침도 챙겨 먹이라고?

시어머니도 분명 옛날에 그런 대접을 받으면서 서러움을 느껴봤을 텐데 왜 며느리에게 부엌데기의 틀을 씌우는 일을 대물림하고 있을까. 아직도 우리 사회에 강고하게 남아 있는 가부장제와 남녀 불평등의 어두운 그림자. 나도 겪었으니 당연히 내 며느리도 그래야 한다는 생각, 결혼했으면 당연히 내 아들 밥은 며느리가 책임져야 한다는 생각 때문이 아닐까.

며느리는 그런 역할을 해야 할 사람이 아니라, 사랑하는 내 아들이 사랑해서 선택한 내 아들의 소중한 사람이라는 사실을 잊지 말았으면 좋겠다.

집착

◇

한의원 도수 치료를 마치고 집에 가려는데 전화벨이 울렸다. 나쁜 예감은 빗나가질 않았다. 역시나 시아버지였다. 전활 받았더니 "어디냐?" 하신다. 치료 끝나 집에 가려던 참이라고 하자 짧은 정적 후 들려오는 목소리.

"집? 왜?"

시아버지는 충청도 분이시다. 인터넷에 떠도는 충청도 사투리 유머를 보면 '돌아가셨습니다'는 '갔슈', '잠깐 실례하겠습니다'는 '좀 봐유', '괜찮습니다'는 '됐슈'라는 뜻이라고 한다. 모든 말을 짧게 줄여서 한 단어로 표현할 수 있는 놀라운 충청도 사투리!

그러니까 시아버지의 "집? 왜?"란 "치료 끝났으면 이제 곧 저녁 먹을 시간인데, 빨리 가서 손주 데리고 여기로 오지 않고 왜 너희 집으로 간다는 거냐?"의 줄임말인 거다.

그 뜻을 알아채자마자 가슴이 답답해지고 속으로 한숨이 터져 나왔다. 당시 나는 출산 후 7개월 무렵이라 출산 후유증으로 손목이며 허리, 골반 등 아픈 곳이 많아 도수 치료를 받고 있었다. 아이를 낳아본 사람은 알 것이다. 아이 낳고는 애 없이 혼자 병원에라도 가 있는 시간이 한숨 돌릴 수 있는 시간이라는 것을. 잠시라도 혼자 충전할 시간을 가진 뒤 이제 기분 좋게 집에 가려는데, 여지없이 걸려온 시아버지의 전화가 사람을 미치게 했다.

사정상 시가와 10분 거리에서 살다 보니 하루에도 몇 번씩 시어머니 시아버지가 번갈아 전화를 했고, 하루가 멀다 하고 시가에 가야 했다.

시가에서 부르는 이유는 다양했다. 이틀 전에 반찬을 몇 가지나 싸 주셨으면서 "김치 새로 했으니 가져가라.", "옥수수 많이 샀으니 가져가라.", "농장에서 토마토 많이 따 왔다. 가져가라.", "복날이니 오너라.", "와서 일 좀 도와라.", "집에 있으면 심심하지 않냐?" 등 끝도 없이 만들어지는 부를 거리.

딸아이가 첫 손주인 데다 아들 하나만 키워보셨으니 손녀가 얼마나 예쁠지 이해 못 하는 바는 아니었다. 그렇지만 나는 항상 일거수일투족을 감시받는다는 괴로움에 시달려야 했다. 특히 시아버지의 전화를 놓치는 상황이 생겨 바로 다시 전화를 드리면 왜 그렇게 전화가 안 되냐며 역정부터 내시곤 했다. 휴대전화 화면에 '부재중 전화 – 아버님'이라고 떠 있으면 가슴이 덜컥 내려앉았다.

몇 개월간의 지옥 같았던 생활은 서울로 이사하면서 일단락되었다. 그곳을 떠나 서울로 오던 날, 흑성 탈출의 기분이 무엇인지 짜릿하게 맛보았다.

아들이 결혼했으면 온전히 새로운 가족으로 인정해주면 좋겠는데, 계속해서 품 안의 자식인 것처럼 대하니 가장 괴로워지는 사람은 며느리이다. 결혼 전까지 같이 살아온 남편이야 부모님의 전화나 잔소리가 견디기 힘들 정도는 아니겠지만, 며느리는 30년을 다르게 살아온 생활방식에 맞추어야 하고, 불만이 있어도 말하기가 어려우니 가슴속에 화만 쌓여간다.

너무 잦은 연락과 집착은 며느리를 병들게 할 뿐이다. 아들이 행복한 결혼 생활을 하길 원한다면 한 발짝 떨어져 아들과 며느리가 스스로 자신의 삶과 행복을 만들어갈 수 있도록, 성숙한 어른으로서 인정해주어야 한다.

좀 더 솔직해져 볼까?

전화를 덜 하면 덜 할수록 아들 부부는 그만큼 더 자유롭고 행복해질 겁니다.

시가의 위생 개념

◇

아이와 내가 시가에 있는데 잠시 외출하셨던 어머니가 들어오셔서 "아이고, 우리 애기 잘 있었어?" 하시며 아이를 끌어안고 볼을 비비신다. 그런데 "어머니 밖에 나갔다가 들어와서 손 씻으셨어요?" 이 한마디 하기가 왜 그렇게 어려울까. 저 손으로 분명 시장에서 이것저것 물건도 만지고 돈도 만졌을 텐데, 밖에 떠도는 미세먼지며 온갖 더러운 것들이 잔뜩 묻어 있는 손일 텐데. 매번 벌어지는 일이지만 보고만 있자니 속이 바짝바짝 탄다.

주방 이야기로 넘어가면 다 적으려야 적을 수가 없다.

시가의 냉장고는 천하무적이다. 유통기한은 숫자에 불과하다. 명절을 지내고 집에 돌아오는 길에 "너 김 좋아하지 않냐? 갖다 먹어라." 하며 김밥용 김을 한 아름 안겨주셨는데, 집에 와서 보니 유통기한이 3년이나 지나 있었다. 유제품은 간혹 고체가 되어 발견되기도 하고, 꽁꽁 얼렸던 고기는 통째로 해동했다가 남은 걸 다시 냉동실에 넣는 일도 다반사다.

갖가지 김치며 커다란 반찬통의 반찬을 먹을 만큼만 덜어 먹는 일도 없다. 주방의 대장인 시어머니가 괜찮다고 하면 모두 괜찮은 일이 된다. 반찬을 통째로 꺼내놓고 먹는 게 어려서부터 싫었다던 남편도 시가에 오면 어쩔 수 없이 어머니의 법칙을 따른다.

세제 없이 물로만 대충 설거지를 해서 미끌미끌 기름때가 그대로 남아 있는 그릇들. 행주는 손 닦는 수건도 되었다가 바닥 닦는 걸레로 둔갑하기도 한다.

시어머니뿐만이 아니다. 시아버지에게는 정말 참을 수 없어서 대놓고 말씀드린 적이 있다.

아이가 한창 기어 다니며 눈에 보이는 것은 다 입으로 가져가던 8, 9개월 무렵의 일이다. 시가에서는 강아지를 자유롭게 풀어놓고 키우기 때문에 밖에 나가 돌아다니며 대소변을 해결한 뒤 집 안으로 들어오곤 했다. 밖에서 무엇을 밟고 핥다 온 건지 알 길 없는 강아지가 그냥 집에 들어와 방바닥을 누비고 다니는데, 발을 닦아주는 걸 한 번도 본 적이 없다.

보다 못한 내가 용기를 냈다.

"아버님, 애가 이제 기어 다니면서 계속 이것저것 입에 넣고 빠는데, 밖에 나갔다 온 강아지 발은 좀 닦아주시면 안 될까요?"

시아버지는 떨떠름한 표정을 지으시더니, 딱 한 번 내 앞에서 보란 듯이 강아지 발을 닦아주었다. 하지만 그 뒤로는 아무 일도 없었다는 듯 원래대로 돌아가니, 다시 말을 꺼낼 수가 없었다.

반대로 친정 부모의 위생 관념이 부족해서 남편 보기 민망스럽거나 어릴 적부터 괴로웠던 사람도 있을 수 있다. 나의 친정엄마도 올케에게는 시어머니이다. 그 대상이 누구든 며느리 관점에서 시부모님에게 "이건 좀 더럽지 않을까요? 조금만 신경 써주세요."라고 말씀드리기까지는 마음속으로 수천 번의 고뇌를 거쳤다는 걸 알아주시면 좋겠다. 분명 기분 나빠할 수밖에 없는 말임을 알고 있음에도 하는 것은 그만큼 중요한 문제라는 거니까.

아버님,
강아지 발 좀
닦이세요, 좀!

누구를 위한 돌잔치인가

◇

몇 해 전, 아이 돌잔치를 이틀 앞둔 추운 겨울날이었다. 남편 퇴근 후 아이와 셋이 화장품 가게에 들렀는데 시아버지가 나에게 직접 전화를 하셨다. 언제 내려오냐는 말씀이었다.

남편과 나는 양가 부모님과 직계 가족들만 불러 식사하는 조촐한 돌잔치를 원했지만, 시부모님의 성화로 친척들까지 부르게 되었고, 장소도 시가가 있는 대전에서 하게 되었다. 시부모님이 장사를 하시다 보니 두 분이 동시에 자리를 비우기가 어려운데, 결혼식을 부산에서 했으니 이번 행사는 대전에서 하길 바라셨기 때문이다. 역시나 내 뜻대로 되는 일은 없었지만, 모두의 평화를 위해 이해하고 넘어가기로 했다.

돌잔치는 일요일 점심시간, 서울에서 대전은 넉넉잡아 두 시간 반이면 갈 수 있으니까 당일 아침에 내려갈 생각이었다. 돌잔치의 주인공은 당연히 아이이기 때문에 아이의 컨디션 관리가 최우선이었다. 잠자리가 바뀌면 아이가 잠을 설칠 수도 있고, 나 역시 시가에서 하룻밤 잘 생각이 전혀 없었다. 나도 빛나고 싶은 자리인데 뭐 하러 스트레스를 자초할까.

남편도 시부모님의 성격을 잘 알기에 나를 배려하느라고 토요일에 회사에 출근해야 해서 일요일에 가겠노라며 거짓말을 해놓은 상태였다. 그런데 시부모님의 생각은 다르셨나 보다. 전화를 받자마자 시아버지는 다짜고짜 화부터 내셨다.

"너는 네 남편이 같이 못 오면 애 데리고 기차 타고라도 먼저 와야지! 택시 타고 가서 기차만 타고 오면 내가 데리러 갈 건데 뭣이 걱정이여! 이모들도 멀리서 하루 일찍 온다는데 손님들 음식 준비라도 좀 해야 할 거 아녀?"

당시 나는 둘째를 가졌다가 초기에 유산되어 인공 임신중절수술을 받은 지 3주 정도 지난 때였다. 설움이 북받쳤다.

내 아이 돌잔치인데 내가 왜 이런 기분으로 내려가야 하는 걸까? 아직 무거운 것도 들면 안 되는 환자인데, 걷지도 못하는 아이를 안고 혼자 먼저 오라고?

시부모님도 내가 얼마 전 수술한 사실을 알고 있었다. 와서 음식 준비하라는 것이 실제로는 시키시지도 않을 핑계일지언정, 어떻게 그런 말씀을 하실까. 내가 며느리가 아니라 딸이었어도 남편 없이 당장 아기 안고 혼자 내려오라고 하셨을까.

시아버지는 그렇게 버럭버럭 화만 내시고는 마음대로 하라며 전화를 끊어버리셨다.

그날 서울엔 눈이 내리고 있었다. 시아버지의 일방적인 전화는 내 마음도 꽁꽁 얼어붙게 했다. 토요일에도 출근한다고 했던 남편이 다시 거짓말을 할 수도 없고, 나 역시 돌잔치만은 내 뜻대로 하고 싶었다. 웃풍 센 시가에서 아이를 재웠다가 아이가 콧물 흘리고 징징대며 돌잔치 하는 꼴을 사진으로 남기고 싶지도 않았다.

그리하여 우리는 원래 계획대로 일요일에 돌잔치 장소로 바로 갔다. 시부모님은 아들 결혼식 때도 신랑 입장 시간 임박해 오시더니, 하나뿐인 손녀 돌잔치에도 늦게 오셔서 부산 친지들과 사진사 모두를 한참이나 기다리게 했다. 손녀 얼굴 하루라도 일찍 보겠다고 전화해서 화낼 때는 언제고, 정작 잔칫날 제일 늦게 오는 그 마음은 도대체 뭘까?

돌잔치는 일 년 동안 건강히 잘 자라준 아이를 축하하는 날이다. 그렇다면 주인공인 아기가 그 자리를 빛낼 수 있게 도와주는 것이 부모와 할머니, 할아버지의 역할 아닐까. 엄마 마음이 편해야 아기를 잘 돌볼 수 있다는 기본적인 상식조차 왜 모르는 것일까.

행복한 날로 기억되어야 할 하나뿐인 아이의 돌잔치는 그렇게 시아버지의 화난 목소리로 시작해 설움 많은 기억으로 남고 말았다.

시댁과 처가

◇

지난해 결혼한 한 친구에게는 나이 차이가 많이 나는 어린 시누이가 있다. 남편과 오래 사귀었기 때문에 결혼 전엔 '○○야'라고 이름을 불렀고, 시누이도 '언니'라고 부르며 자매처럼 편하고 친하게 지냈다고 한다.

그런데 결혼 이후 상황이 달라졌다. 시어머니가 친구에게 "이제 결혼했으니 이름 대신 아가씨라고 불러라."라고 했기 때문이다. 편하게 이름을 부르던 어린 동생이었는데, 결혼했다고 한순간에 '아가씨'라 부르며 존댓말을 해야 하다니.

내가 친구의 입장이었다면 난감하고 은근히 화가 났을 것 같다. 남편은 내 남동생을 처남이라고 부르는데, 왜 시동생은 '도련님'이고 시누이는 '아가씨'인 걸까. 내게 시누이나 시동생이 없는 걸 다행이라고 해야 하나.

그동안 관습적으로 불러온 시댁, 처가라는 호칭이 남성 중심적이고 성차별적이라는 의견이 최근 많이 제기되고 있다. 결혼한 여성이 남편의 집안을 부를 때는 '시댁'이라는 높임말을 사용하고, 반대로 결혼한 남성이 아내의 집안을 부르는 '처가'는 높임 표현이 아닌 것이 차별적이라는 것이다. 시댁과 처가라는 표현뿐 아니라, 남편의 여동생은 '아가씨', 남동생은 '도련님(미혼) 또는 서방님(기혼)'이라는 호칭을 쓰면서 아내의 언니나 동생은 처형, 처남, 처제처럼 높임 없이 불러온 것 또한 바뀌어야 한다는 주장이다.

여성가족부가 '제3차 건강 가정 기본 계획'의 시행 계획을 발표했는데 여기에는 남성 중심적인 가족 호칭을 바로잡을 대안을 마련하겠다는 계획이 포함되어 있었다. 비대칭적인 호칭 문제를 개선해 가족 내 평등을 도모하고 민주적인 가족 문화를 만들어가겠다는 취지이다. 관습적으로 써오던 가족 간의 호칭에 남편의 가족만 높여 부르는 성차별적인 요소가 있다면 바뀌어야 하는 것이 맞다.

국립국어원도 '가족 호칭 정비안'을 마련했다. 부모는 양가 구분 없이 '아버님, 어머님'으로 통일하고, 친밀하게 부를 경우 양가 부모 구분 없이 '님'을 생략하고 '아버지, 어머니'로 부를 수 있다. 다만 '장인어른, 장모님' 등 기존 호칭도 유지한다.

남편의 집만 높여 부른다는 비판을 받아들여 시댁-처가댁 또는 시가-처가 등 대칭이 되도록 바꾸는 방안도 제시됐다. 배우자의 손

아래 동기는 '○○(이름) 씨, ○○(이름) 동생' 등으로 부른다. 여성가족부는 공청회·토론회 등을 거쳐 의견을 수렴한 뒤 2019년 5월 중 개선 권고안을 발표하겠다고 했으나 아직 발표된 것은 없다.

많은 사람이 알고 좋아하는 시 중에 김춘수 시인의 〈꽃〉이 있다. 이름을 불러주기 전 하나의 몸짓이었던 누군가는 이름을 불러준 후 '꽃'이 되었다. 이름은 이토록 중요하다. 부르는 것에서 의미가 생겨나고 관계가 시작된다. '우리들은 모두 무엇이 되고 싶다.' 내가 너를 존중하듯, 너에게도 존중받는 내가 되기를.

안부 전화

◇

남편은 부모님에게 살가운 아들이 아니다. 여느 집 아들처럼 한 달에 전화 한 번 할까 말까 한 무뚝뚝한 아들이다. 시부모님도 그러려니 했다. 타지에서 대학 다닐 때는 방학에나 얼굴 보고, 외국에서 회사 생활할 때는 일 년에 한 번 보면 다행인 아들.

그런데 그런 아들이 결혼하자 시부모님이 갑자기 안부 전화에 집착하기 시작했다. 문제는 그 안부 전화를 며느리의 몫이자 당연한 도리로 생각한다는 점이다. 그동안 아들에게는 바라지도 않던 전화를 왜 며느리에게는 당당히 요구하는 것일까?

주말에 한 번씩 전화를 드리면 왜 이렇게 오랜만에 하느냐는 핀잔을 들어야 했다. 내놓은 자식처럼 생사 확인만 하던 아들은 결혼한 뒤로는 '밥은 잘 먹고 다니는지, 별일은 없는지' 3일 간격으로 소식을 들어야 하는 귀한 아들이 되었고, 그런 소식을 시시콜콜 전해야 하는 것은 며느리의 일이 되었다.

나도 애교 많고 살가운 성격이 못 되다 보니 친정 부모님에게도 전화를 자주 하는 편이 아니다. 타지에서 직장 다닐 때도, 외국에 나가 살 때도 부모님이 먼저 전화해야 소식을 알려드리던 못난 딸이었는데, 왜 내 부모님에게도 안 하던 걸 남편의 부모님에게는 꼬박꼬박 해야 하고, 안 하면 꾸지람을 들어야 하는지 도통 이해가 되지 않았다. 아들 소식이 그렇게 궁금하면 아들에게 직접 전화하면 될 텐데, 왜 기어이 불편한 며느리에게 전화하고, 며느리가 거는 안부 전화에 집착하시는 건지. 결혼한 친구들 얘기를 들어봐도 모두 시가의 안부 전화 타령을 불편해했다.

아들의 전화와 며느리의 전화는 무엇이 다른 것일까. 아들은 '바쁘니까' '무뚝뚝하니까' 며느리를 통해서라도 아들의 안부를 묻고 싶으신 걸까. 아니면 그저 시부모로서, 어른으로서 며느리에게 대접받고 싶으신 걸까.

안부 전화 타령은 아이가 생기면 더 심해지고 횟수도 급증한다. 아들 안부에 손녀 안부까지 더해져 며느리의 전화통은 쉴 새 없이 울리고, 시시각각 크는 손녀의 모습을 보여드리지 않으면 못된 며느리가 된다.

이쯤 되면 며느리도 사람인지라 사회 생활하랴 또는 살림하고 육아하랴 바쁜데 짜증이 솟구친다. 자기 부모님에게도 자주 전화하지 않던 딸이 결혼해서는 며느리의 도리란 걸 다하기 위해 남편 대신 시부모님에게 틈틈이 전화를 드려야 하는 위치에 서게 되었다. 생전 부모님에게 전화 한 통 드리지 않던 남편마저 "며느리인 네가 전화 좀 자주 해."라고 한마디 하면 "네 부모님은 네가 챙겨!"라는 말이 목구멍까지 치솟는다.

물론 결혼했으니 며느리도 가족이지만, 평생 그렇게 살지 않던 남편과 시부모님이 며느리가 들어왔다고 180도 변하는 건 참 우스운 일이다. 어쨌든 며느리는 시부모와 아들 사이에서는 제삼자이지 않은가.

효도도 직접, 서로의 안부를 묻는 것도 직접 한다면 중간에서 혼자 스트레스 받느라 미쳐가는 한 사람을 구원할 수도 있을 텐데. 자신도 잘 못하는 일을 당연한 듯이 타인에게 바라는 것은 잘못된 일이다.

문안 인사가
늦었구나!
꼴도 보기
싫구나!
아버님 어머님이
또 크게
노하셨습니다...
그러게
효를 다하시지
그러셨소

그 효,
이제 네가 하시지요!
효도는 셀프!

며느리 룩

◇

나는 사지도 않을 옷이며 가구들, 각종 생활용품을 핸드폰으로 구경하는 아이쇼핑을 즐긴다. 일종의 취미 생활이다. 요즘 가을 옷은 어떤 게 유행인가 하며 가을 신상 코너를 보다가 희한한 단어를 발견했다. 이름하여 '며느리 룩'.

대체 어떤 옷이 며느리 룩이라는 거지? 호기심에 클릭해보니 편안하고 단정해 보이는 니트류의 상·하의 세트였다. 옷에 대해 적어놓은 설명이 눈길을 끌었다. '이제 며느리로 돌아가야 할 시기! 편하면서도 너무 편해 보이지는 않는 룩으로 입어줘야겠죠? 음식 만들며 기름 튈 걱정해야 하니 비싼 옷은 노노! 고민하지 마시고 서두르세요. 강추합니다!'

추석을 앞두고 시가에 가서 일해야 할 수많은 며느리에게 딱 먹힐 광고 문구였다. 리뷰를 읽어보니 편하게 입기 좋고, 추석에 시가에서 '꾸안꾸룩'으로 좋다는 평이 많았다. '꾸안꾸룩'이란 꾸민 듯 안 꾸민 듯 편안하면서도 예쁜 스타일을 말한다.

퍼질러 앉아 전을 부치기도 할 테니 쭉쭉 늘어나는 신축성 좋은 옷이어야 하지만, 너무 편한 트레이닝복 바지는 예의 없어 보일 수 있으니 어느 정도는 갖춰 입은 느낌을 주어야 한다. 너무 비싸 보이는 옷은 돈 펑펑 쓰는 며느리로 보일 수 있어 이 또한 금물이다.

그러고 보니 나도 시가에 갈 때마다 그런 스타일의 옷을 골라 입었던 것 같다. 너무 좋아 보이는 옷은 남편이 힘들게 벌어다 준 돈으로 과소비하는 것처럼 보일 수 있으니 제외, 너무 딱 붙거나 짧은 옷은 시아버지 보기 불편할 수 있으니 제외다. 적당히 편하고 적당히 예의를 갖추면서 후줄근하진 않지만 비싸 보이지도 않는 옷이어야 한다. 친정에 갈 땐 아무 옷이나 내가 입고 싶은 예쁜 옷을 입지만 시가에 갈 땐 이렇게나 제약이 많다.

며느리들의 고민과 요구 지점을 정확히 꿰뚫고 있는 광고 문구를 보자니 왠지 서글퍼졌다. 시부모님 눈 밖에 나지 않기 위해 옷 하나 고를 때도 철저히 자기 검열을 하는 수많은 며느리들. 이러한 자기 검열은 상처가 되는 말들을 여러 번 들은 뒤 이젠 스스로를 지키기 위해 어쩔 수 없이 선택한 방법이다. 적당한 옷을 고르는 일은 수많은 자기 검열 중 하나에 지나지 않는다.

'며느리 룩' 같은 단어는 더 이상 만들어지지 않아야 한다.

누굴 닮았나

◇

"아이고, 제 아빠 빼다 박았네그려."

"제 아빠 어릴 때랑 똑같잖여. 여기 코랑 입이랑 영판 제 아빠여. 깔깔깔."

명절날 시가 어른들이 모인 자리에서 딸아이를 두고 나누는 대화다. 첫딸은 아빠를 닮는다는 속설을 모르는 바 아니다. 나 역시도 아빠를 닮았다.

그런데 아이가 아빠를 닮았다는 너무나도 당연한 말이 나는 왜 그렇게 듣기 싫은 것인지. 시집이라고 별말 아닌 것도 부정적으로 듣는 내가 꼬인 걸까. 아니면 출산하면 나온다는 호르몬 탓에 예민해진 걸까.

이유 없는 속상함은 아니라고 변명하고 싶다. 내 인생에 다시는 임신은 없다며 하루 열댓 번씩 변기통을 부여잡고, 남편 바짓가랑이를 붙잡고 울며 위액까지 토했던 입덧. 살이 쪄 이중 턱이 되고 배와 허벅지에 보기 싫은 튼살이 생긴 생소한 거울 속 내 모습. 배 속에서 커진 아이가 폐를 압박해 숨 쉬기도 힘든데 뒤뚱뒤뚱 겨우 걸음을 옮기던 만삭의 기억. 두말할 필요조차 없는 끔찍한 진통과 결국 배를 찢고야 아이를 만난 일까지. 온갖 고생은 다 거쳐 아이를 낳았는데 나 닮았단 소리를 듣고 싶은 건 당연한 거 아닌가?

물론 피는 물보다 진하다고, 남편의 어릴 적 모습이 기억에 남아 있는 시가 쪽 어른들이 내 아이에게서 제 아빠의 옛 모습을 보는 것이 잘못은 아닐 터이다. 문제는 어쨌든 며느리로서 듣기 싫은 그 소리가 점점 진화한다는 것이다.

아이가 신생아기를 지나 배밀이를 하고, 앉고 걷는 등 하나둘 새로운 영역을 넓혀갈 때마다 시가 식구들만의 희한한 기준이 적용된다. 잠투정이 심해 재우기도 힘들고 밤엔 시간마다 깨서 너무 괴롭다고 하면 "아이구, '우리 아들'은 눕혀놓기만 해도 알아서 잘 잤는데 얘는 누굴 닮았냐?"라는 말이 나온다. 이유식에 무엇을 넣든 잘 먹는다고 하면 "넌 가리는 것도 많더니 식성은 '우리 아들' 닮아 키우기 수월하겠다." 하신다.

잘난 것은 모두 아들을 닮고, 못난 것은 모두 며느리를 닮았으니 잘난 아드님을 부족한 며느리와 결혼시켜 그리도 항상 못마땅하신 걸까.

한번은 시아버지가 또 농담이랍시고 애 걸음 늦는 걸 시비 삼기에 정색을 해버렸다.

아유~
우리 아들
요만할 때랑
똑같구나~
뭐든
잘 먹는것도
우리 아들
꼭 닮았고~

애 늦게 걷는 건
니네 집안 닮은 거니?
헐
농담이다~ㅋ

"'우리 아들'은 돌잔치 때 뛰어다녔는데 얜 누굴 닮은 거냐? 혹시 너네 집안 애들은 늦게 걸었냐?"

"아버님! 자꾸 그러시면 저도 기분이 안 좋아요. 저는 웃기지 않아요."

순간 민망한 공기가 방 안을 채웠고 시아버지는 머쓱해했지만, 참다 참다 그 말을 던진 나는 꽤 속이 후련했다.

웃으라고 하는 소리는 모두가 즐거워야 진짜 농담이다. 그렇지 않은 사람에게는 그저 웃기는 소리일 뿐.

'우리 아들'이 선택한 사람, 며느리도 새로운 가족으로 받아들이기로 하셨다면, 이 새로운 가족만 슬프고 속상한 일이 없도록 배려심 있는 언어를 사용해주면 정말 좋지 않을까.

'시' 자의 망령

◇

시어머니와 시아버지의 언행에 상처받은 일들을 구구절절 쏟아내며 며느리로서의 고충을 늘어놓고는 있지만, 나 역시 반성해야 할 일이 있다. 남동생의 아내인 올케에게는 나 역시 어려운 시가 사람이고, 어쩔 수 없는 시누이이기 때문이다.

세 살 터울인 남동생보다 두 해 먼저 결혼 생활을 시작한 나는 2년간 시어머니에게 이미 데일 만큼 데였고 수없이 눈물을 흘리던 중이었기에 올케가 생기면 정말 좋은 시누이가 되리라 다짐했었다. 그녀는 나와 같은 서러움을 느끼지 않게 해줄 자신도 있었다.

그땐 몰랐다. 최고의 시누이와 최고의 시부모란 그저 당사자 부부가 그들끼리 잘 살도록 멀리서 지켜봐주면 되는 존재임을. 도와준답시고, 한 해라도 더 산 인생 선배랍시고 하는 모든 조언이 며느리로서는 그저 괴로운 간섭이고 충고가 될 수 있음을 말이다.

'나는 안 그럴 거야.' 또는 '우리 엄마는 안 그럴 거야.'라는 생각은 얼마나 오만하고 섣부른 판단이었는지! 나에게는 평생을 함께 살아온 가족이지만 올케에게는 30년간 다른 생활방식으로 살아온 어려운 시가 사람일 뿐이라는 사실을 그때는 생각지 못했다. 나에게는 한없이 여리고 다정한 친정엄마일지라도 올케에게는 어렵고 무섭고 속상한 말을 거침없이 하는 시어머니일 수 있다는 사실 또한.

언젠가 올케와 남동생이 친정엄마 때문에 크게 다툰 적이 있다. 정확한 이유는 기억나지 않지만 아마도 엄마가 올케에게 섭섭한 말을 해서일 것이다. 초보 시누이였던 나는 같은 며느리로서 올케를 이해해보려고 했지만 '분명 우리 엄마는 며느리에게 그런 말 할 사람이 아닌데.' 하며 어느새 엄마 편을 들고 있었고, 화해를 돕겠단 명목으로 동생 부부의 싸움에 끼어들고 말았다. 나는 엄마의 속상함에만 꽂혀 올케를 나무랐고, 그때의 상처가 컸는지 올케와는 한참을 서먹하게 지냈다.

나중에 엄마와 올케 두 사람에게 각자의 이야기를 들어본 뒤에야 올케가 며느리로서 당했을 서러움이 이해되었다. 그래서 이제는 올케 입장에서 엄마를 설득하는 편이다. 며느리에게 그런 말은 하면 안 되는 거라고. 내가 그렇게 시어머니의 모진 말 때문에 힘들어하는 걸 알면서 며느리에게는 어떻게 그런 말들을 하냐고. 아무리 말해도 어머니 세대들이 이해하지 못하는 부분이 있기는 하지만 요즈음은 많이 좋아진 편이다.

도대체 왜 '시'누이가 되고 '시'어머니가 되면, 우리는 같은 여자임을 망각하고 올케에게, 며느리에게 못할 말을 하며 상처 주는 사람으로 돌변하는 걸까 생각해본 적이 있다.

시가의 '시' 자에 무슨 망령이라도 낀 것일까. 여자로, 며느리로 살아온 온갖 고충과 서러움도 망각하게 만드는 걸 보면 여자들의 무의식에도 시가가 친정보다 더 높다는 의식이 깔려 있는 것은 아닐까. 우리 모두 엄마 세대가 시부모와 시누이에게 서러움받고 사는 모습을 보고 자랐기 때문은 아닐까. 그래서 자기도 모르게 며느리는, 올케는 아랫사람이라 여기고 있는 것은 아닐까. 자신도 똑같은 여자이면서 말이다.

명절에 친정에도 못 가게 하는 시부모 밑에서 평생 서럽게 살아온 세대, 그러나 이젠 5, 60대가 되어 며느리를 본 그 세대 어머니들도 여전히 명절날 며느리 대신 아들이 설거지하는 꼴은 아니꼽게 바라본다. 여전히 사위는 처가에 가면 손 하나 까딱 않는 백년손님이지만 며느리는 시가에서 설거지하고 과일 깎는 게 당연한 아랫사람 취급을 하고 있다.

원하지 않았지만 자신도 모르게 머릿속에 박혀 있는 '시' 자의 망령을 이제 놓아주아야 할 때가 아닐까. 여자는 결혼하면 시가 먼저 챙겨야 하는 출가외인도 아니고, 시가에 가면 두 손 걷고 설거지라도 해야 하는 아랫사람이나 노예도 아니다. 그저 남편과 결혼해 그 가족들을 시가 식구로 새로 맞이한 사람일 뿐이다. 남자가 결혼을 통해 아내의 식구들을 처가 식구로 맞이했듯이, 정확히 그대로일 뿐이다.

공무원 며느리

◇

친정엄마, 남편, 시어머니까지 10년 가까이 날 괴롭혀온 레퍼토리가 있다. 바로 9급 공무원 공부를 해보라는 것이다.

지방 국립대 영어영문학과를 나온 85년생 나를 포함해 여자 동기들이나 선후배들을 보면 그 말이 이해가 안 되는 건 아니다. 동문들 중엔 간혹 이름 있는 은행이나 공기업, 사기업에서 일하는 사람도 있고 번역가로 활동하는 경우도 있지만 그건 드문 일이고, 영어 교사나 학원 강사가 된 일부를 제외한 상당수가 6개월에서 2년 정도 9급 공무원 준비를 해 현직에서 일하고 있다. 다른 설명이 필요 없는 80년대생, 적당히 좋은 대학을 나온, 적당히 머리 좋은 여성이 처한 이 나라의 현실이다.

나는 우물 안 개구리로 자란 탓인지 무섭다는 이유로, 집이 가난하다는 이유로 어학연수도 가지 못했다. 기자가 되고 싶다고 졸업 학기에 뒤늦게 설치는 바람에 사기업 취직 준비를 거의 못 해 부산의 작은 중소기업에서 처음 일하게 되었다. 첫 직장이 얼마나 중요한지는 뒤늦게 깨달았지만 이미 늦었고, 어쩌다 보니 3년의 짧은 직장 생활을 하며 대리도 못 달아보고 만년 사원으로 영원히 사회생활을 접게 되었다.

결혼 후 남편 하나만 믿고 직업도 없이, 이야기 나눌 친구 하나 없는 영국으로 갔을 때, 나는 많은 시간을 혼자 보내며 우울증을 겪었다. '내가 무슨 영화를 누리자고 이 남자 하나 믿고 가족도 친구도 없는 여기까지 와서 이러고 있지?'란 생각이 들어 남편이 툭 한마디 던지기만 해도 눈물이 줄줄 흐르곤 했다. 여기저기 취업 원서를 쓰고 면접을 보아도 연락 오는 곳은 없고, 남편이 벌어 온 돈만 쓰며 하루하루 사는 쓸모없는 인간처럼 느껴져 그랬던 것 같다.

임신과 출산으로 영국에선 결국 파트타임 외에 제대로 된 일을 못 해보고 한국에 돌아오게 되었다. 돌이 지난 아이를 어린이집에 보내고 나서 '잃어버린 나'를 찾고 돈도 벌고 싶어 여기저기 문을 두드렸지만 돌아오는 대답은 싸늘하기만 했다.

결국 풀타임 잡을 구하는 것을 포기하고, 배운 게 도둑질이라고 영문학도에다 영국 거주 경험 덕분에 유치원과 어린이집에서 유아영어 강사도 해보았지만 허기진 내 마음을 채워주지도, 그럴듯한 돈벌이가 되지도 않았다.

금수저가 아닌 이상 서울에서 외벌이로 집 사고 애 키우며 살기는 매우 퍽퍽하다. 그런 현실에서 아들 혼자 돈 버느라 고생하는 게 안쓰러웠던지, 시어머니는 주변에 공무원이 된 며느리 이야기를 자주 하기 시작했다. 덧붙여 아이를 친정에 맡기고 노량진 공무원 학원에 가라고도 하고, 어린이집 원장으로 일하는 친구분 이야기를 전하며 보육 교사 자격증을 따보라고도 했다.

남편은 영국에 있는 동안 회사 생활을 힘들어하면서 귀국하기를 꿈꿨는데, 그때마다 나에게 인터넷 강의를 들으며 공무원 시험 준비를 하라며 성화였다. 한국에 있는 기업과 화상 인터뷰를 여러 차례 거쳐도 이직을 확정하기가 힘드니까, 그 시기에 일을 안 하고 있던 내가 시간을 벌며 합격할 정도로 공부를 해놓으면 좋겠다고 생각한 것이다.

친정엄마는 대학 시절 내내 여자 직업은 공무원이 최고라고 바람을 넣으셨지만, 나는 단 한 번도 흔들리지 않았다. 공무원은 절대 내가 하고 싶은 종류의 일이 아니었다. 공무원을 비하할 의도는 전혀 없지만 당시의 내 기준에서는 오직 안정만을 추구하는 직업 같아 보였다.

나는 대학 시절 언젠가는 작가가 되고 싶다는 꿈을 꾸며 기자가 되기 위한 준비를 하기도 했고, 글쓰기를 포기하고 일반 회사에 들어갈지언정 하고 싶지도 않은 수험 공부를 몇 년간 하며 아름다운 내 20대를 버리고 싶은 마음이 추호도 없었다.

결국 영국에서 남편이 회사 스트레스로 날로 야위어가는 모습이 안쓰러워 억지로 고액의 인터넷 강의 1년 권을 결제하고 책도 해외 배송시켰으나, 채 3개월을 넘기지 못하고 포기해버렸다.

친정엄마야 방황하고 있는 딸이 밥값도 못 하고 살까 걱정하는 마음에, 남편이야 생존과 연관되니 도와달라는 몸부림으로 이해할 수 있다고 해도, 시어머니의 성화는 정말 이해하기 힘들었다. 물론 보육 교사로 몇 년 일하면 가정 어린이집 하나 차리도록 경제적으로 도와주겠다고도 했고, 공무원 수험 생활도 어느 정도 도와주셨겠지만, 요지는 그게 아니다. 제삼자라고까지 칭하고 싶진 않지만, 넘어야 할 선을 넘었다고까지 말하고 싶지도 않지만, 며느리 직업에 대해 이거 해라 저거 해라 하시는 시어머니를 만나면 누구나 자존심이 상하고 기분이 나쁠 것이다.

누군가에겐 직업이 그저 생계 수단이기만 할 수도 있고, 누군가에겐 꿈이나 좋아하는 일과 이어지는 것일 수도 있다. 그러나 무엇이 되었든, 직업 선택은 어디까지나 당사자 고유의 몫임에는 변함이 없다.

딱 한 발짝만 뒤로!

약간의 가식도 필수!

도움은 요청할 때만!

이 세 가지 규칙만 지켜주신다면 모든 고부 갈등의 80퍼센트는 사라지지 않을까.

Chapter 3

아이 엄마는 저예요

아들의 생일

◇

어머니는 외동아들의 생일을 늘 잊으신다. 매달 하는 곗날, 적금 넣는 날은 잊지 않고 챙기시면서 아들의 생일은 기억을 못 하신다. 양력 생일이 한 달도 더 남았는데 전화를 하셔서는 "아비 생일이었지? 바빠서 깜빡했네." 하시곤 한다. 우리 세대는 어려서부터 모든 서류나 표기에도 양력 생일을 사용하기 때문에 양력 생일을 챙긴다고 여러 번 말씀드렸지만 그때뿐이다.

중요한 것은 시부모님이 챙기신다는 음력 생일도 매번 잊어버린다는 점이다. 남편은 자라면서 단 한 번도 생일 선물을 받아보거나 생일 파티를 해본 적이 없다고 했다. 미역국이나 얻어먹으면 다행이었던 초라한 생일. 그래서 결혼 후에도 남편은 생일에 큰 의미를 두지 않았다.

어느 해던가 시어머니 생신날, 나들이 갈 때 입으시라고 고운 옷으로 선물을 준비해 시가에 내려갔다. 내 앞에선 뭘 이런 걸 사 왔냐며 기뻐하셔서 신경 써 고른 보람이 있다고 다행이라 여겼는데, 서울로 돌아온 어느 날 남편에게 전화하셔서 "이거 아웃렛에서 산 거냐?" 하며 노발대발하셨다고 한다. 당연히 백화점 옷인 줄 알고 바꾸러 가셨다가 교환이 안 된다고 해서 큰 창피를 당했다고 이놈 저놈 온갖 욕을 다 하셨단다.

기껏 선물해드렸다가 욕만 먹은 남편도 화가 나서 "엄마는 언제 내 생일 한번 챙겨준 적 있어?" 하고 버럭 화를 내버렸고, "먹고사느라 바빠서 그랬지. 내가 언제 네가 해달라는 것 안 해준 적이 있냐? 아이고, 늙으면 죽어야지. 아이고, 서러워라." 하는 우는소리가 이어졌다는 것이다. 대화는 항상 그런 식으로 눈물과 윽박지름으로 어이없이 마무리되곤 한다.

또 한번은 시어머니, 남편과 셋이 있는 자리에서 남편 생일 이야기가 나왔다. 그런데 어머니가 나를 흘깃 보시더니 엉뚱한 말씀을 하셨다.

"원래 사위 생일은 장모가 챙겨주는 거야! 네 장모한테 말해라!"

자다가 웬 날벼락!

또 명절 때 친정에 내려가려고 하면 나 들으라는 듯이 "부산이니까 전복 사다가 네 장모한테 전복장 좀 해달라고 해라. 요전에 네 이모가 보냈던데 좋더라.” 또는 “네 처가 가면 총각김치 좀 가져오면 되겠네.” 하신다.

친정엄마가 사위 대접도 제대로 안 하실까 봐 지레 그러시는 걸까. 엄마가 바깥일 안 한다고 집에서 노시는 줄 아는 걸까. 오만 가지 생각이 다 든다.

친엄마도 챙겨주지 않는 생일이며 김치를 왜 장모가 해주길 바라는 걸까. 어머니가 아들을 귀하게 여기면 자연히 나에게도, 처가에서도 귀한 대접 받을 텐데….

올해에도 어머니는 어김없이 아들 생일을 잊겠지만, 또 한 번 사돈 타령을 하면 나도 가만있지 않으리라.

“어머니, 자기 부모님도 안 챙겨주는 아들 생일을 장인 장모가 왜 챙겨야 돼요? 걱정 마세요. 제 남편 생일은 제가 챙길게요.”

2015년
아비
생일이었지?
깜빡했네
2주나
남았는데…
2016년
오늘
아비 생일
아니냐?
지난 지가
언젠데…

2017년
아,
또 지나갔냐?
원래 사위 생일은
장모가 챙기는 건데~
뭐 좀 챙겨줬지?
네
그럼요~

다음 달은 제 생일이니까
며느리 선물 기대할게요~

정육점 집 며느리

◇

“야야, 어미야. 정육점 집 며느리 있잖냐. 개 넷째 가졌다더라?”

넷째라니, 그 얘길 대체 왜 또 꺼내시는 걸까. 나는 딸 하나만 잘 키우고 싶다고 이미 여러 번 말씀드렸는데 왜 매번 내 의견은 무시하시는 걸까. 나도 지지 않고 한마디 했다.

“어머, 그 집은 돈이 엄청 많나 보네요. 저희는 하나 키우기도 벅차요.”

근데 돌아오는 말이 더 가관이다.

“야야, 그 집 남편 교도소 들어갔다.”

이건 또 무슨 앞뒤 안 맞는 소리인가. 지난번엔 그 정육점 집 아들이 자기 엄마한테 벤츠 사 줬다고 하더니 무슨 잘못을 해서 교도소까지 갔다는 건지.

어머니는 그 집 아들 며느리가 돈 잘 벌고 부모한테도 잘한다고 매번 우리와 비교해 꼭 맘을 상하게 했다. 나한테만 그러면 며느리는 남이니까 그런가 보다 이해라도 하겠는데, 아들도 늘 더 잘난 누군가와 비교를 한다.

남편은 늘 옆집 아들 또는 친구 아들과 비교당하고, 나 또한 옆집 며느리나 친구 며느리들과 비교당한다. 부족한 형편이지만 열심히 살고 있고, 우리도 남들 하는 만큼은 하는 아들 며느리인 것 같은데 매번 그러시니 맥이 탁 풀린다. 한 달에 용돈을 천만 원씩 드린다고 해도 재벌 집 며느리와 비교당하지 않을까 싶을 정도다.

우리 부부한테만 그러면 기분은 좋지 않아도 그냥 "아, 네네." 하고 넘어갈 텐데 어느 날인가는 사돈마저 비교하는 게 아닌가. 어머니 친구 아들이 얼마나 잘난 능력남인지는 모르겠지만, 그 장모가 사위한테 차를 사 줬다며 내 앞에서 부럽다는 듯이 말씀하시는 거였다. 이번에는 남편도 듣고 있기 민망했는지 "아, 엄마 좀!"이라고 해서 말은 더 이어지지 않았다. 하지만 그건 분명 사위한테 번듯한 선물 하나 못 해주는, 경제적으로 도움이 못 되는 친정을 비난하는 소리였다.

공무원 며느리, 교사 며느리와 비교하는 건 내가 능력 없는 게 맞으니 속상해도 그냥 넘어가지만, 사돈인 친정 부모님마저 비교하시니 가슴이 무너졌다.

도대체 시어머니 주변엔 왜 그렇게 잘난 며느리, 돈 잘 버는 며느리가 많고 잘난 사돈도 많은 걸까. 비교는 사람을 작아지게 하고 주눅 들게 한다. 나도 교양 있는 시어머니, 간섭은 안 하고 친정엄마같이 다정한 시어머니랑 비교할 줄 몰라서 가만있는 게 아닌데.

지금의 나라면 친정 부모님이 비교당하는 그 순간에 이렇게 받아쳤을 거다.

"어머니, 그 남자는 의사나 변호사인가 보죠. 아니면 결혼할 때 시댁에서 번듯한 집 해주셨나 봐요. 처가에서 차 사 준 거 보니. 제가 이렇게 비교하니 기분 어떠세요?"

FUCK it

◇

영국에서 살 때 가깝게 지냈던 지인이 있다. 그 언니는 시민권자와 결혼해 이민 형식으로 한국을 떠났고, 영주권을 얻어 그곳에서 아이 낳아 키우며 살고 있다. 그녀가 사는 곳은 한인 타운이 있는 런던과 많이 떨어진, 동부의 역사 깊은 작은 도시이다.

머나먼 타지에서 외동딸을 키우며 겪는 외로움과 불편함을 누구보다 잘 알기에 나는 그녀의 고민을 잘 들어주었고, 언니 역시 글을 쓰는 사람이라 나에게 이런저런 조언을 많이 해주어 서로 메신저로 자주 대화하는 편이다.

여느 때처럼 공모전이나 출판 기획서, 짧은 원고에 대한 견해를 묻기 위해 언니에게 원고를 보냈는데, 내 글을 다 읽고는 갑자기 신세 한탄 아닌 한탄을 시작했다. 영국에서 산 지 10년이 다 되어가기 때문인지, 그녀는 오후 서너 시면 해가 져서 햇빛을 거의 볼 수 없는 겨울에 영국 사람들이 겪는다는 '윈터블루'를 심하게 앓고 있었다. 게다가 타국에 정착한 지 5~10년 사이에 찾아온다는 향수병과 우울증 등도 복합적으로 견디고 있다며 무척 힘들어했다.

내 글은 고부 갈등에 관한 내용이었는데, 그 글을 읽고 그녀는 본인이 느끼는 외국인 친구들과의 소통의 벽, 즉 그들은 절대 이해해 주지 못하는 '한국적인 정서'에 관한 고충이 떠올랐던 모양이다.

그녀는 시어머니가 한국에 살고 있는 데다 거의 연락도 하지 않아 고부 갈등이라는 것이 아예 없지만, 내가 글로 쓴 고민에 대해 이렇게 이야기했다.

"내가 만약 너 같은 일을 겪어서 여기 친구들한테 시어머니 욕을 하잖아? 그럼 걔들은 그냥 'FUCK it!' 한마디만 하고 끝이야. 우리는 보통 시어머니 욕을 같이 해주거나, 그보다 심한 시어머니 얘기를 하며 성토 대회가 열리잖아. 여긴 그런 거 없어. 그런 게 완전 답답해 미치겠어."

고부 갈등이라는 것이 서구 문화권보다 우리나라나 동양권에서 많이 발생한다는 데에는 모두 동의할 것이다. 서구권은 훨씬 개인주의가 강하니 설사 시어머니나 시누이 등과 문제가 생긴다고 해도, 친구에게 그런 걸 말할 일도 매우 적거니와, 하더라도 "이런저런 일이 있었어. 블라블라." 하다가 예의 그 욕설 한마디로 모두 정리되어, 그들의 머릿속을 떠나버린다는 것이다. 더 구석구석 이야기하며 같이 욕이라도 해주길 바라는 우리로선 이해하기 힘든 일이다.

내 고민에서 시작된 이야기는 어느새 그녀의 고민을 들어주는 과정으로 발전했다. 나는 그녀가 왜 우울할 수밖에 없는지 격하게 이해되었다. 나도 그곳의 겨울이 사람을 어떻게 침잠시키는지 너무도 잘 알기에, 영국에 처음 가서 한국말로 고민 나눌 친구 하나 없을 때 매일 얼마나 울며 지냈는지 생생히 경험해보았기에.

어쨌든 세대 차이나 아들을 뺏긴다는 심리의 시어머니 마음은 모두 비슷해서인지 몰라도 어느 나라에서건 고부 갈등은 있긴 한 모양이다. 하지만 우리나라의 그것처럼 구구절절하고 사람을 미치게 하는 수준의 갈등은 아닌 것 같다. 무엇이 그들과 우리의 사정을 다르게 만드는 걸까?

서구권의 아이들은 대학에 가거나 법적으로 성인이 되는 나이가 되면 부모와 같이 지내던 집에서도, 경제적 지원에서도 멀어져 거의 완전한 독립을 한다. 이런 개인주의 경향은 서른, 마흔이 되어서도 부모의 경제적 지원을 받고, 결혼할 때도 집을 사 준다든지 하는 우리나라의 그것과 매우 다르다.

지독한 대한민국 고부 갈등의 해답을 여기에서 찾을 수도 있지 않을까. 갑자기 우리나라 사람들이 모두 개인주의자로 변모할 수는 없겠지만, 서서히 그런 방향으로 움직이고 있다는 데는 동의할 것이다. 세대 교체를 통해 아주 서서히 이루어지겠지만 고부 갈등이라는 것도 결국은 시간이 아주 많은 부분을 해결해줄 것이다. 애석하게도 내 세대에서는 과도기라 그 갈등의 양상이 더 격렬한 모양새인 것처럼 보이지만 말이다.

우리 세대의 내전을 통해, 내 딸이라도 '해방 조국'에서 당당한 개인주의자로, 진정한 의미의 페미니스트로 살아가길 바랄 뿐이다.

어머니, '야'는 좀 아니지 않나요?

◇

시어머니가 나를 부르는 호칭은 여러 개가 있다. 아이 이름을 넣어 '○○ 어미야'라고 하시거나 내 이름을 부르실 때도 있고, 기분이 좋을 때는 약간 낯간지러운 호칭인 '아가'라고 부르시기도 한다.

문제는 술을 몇 잔 드셨거나, 지인이 아들 며느리 자랑을 하는데 우리 부부 자랑할 게 없어서(?) 기분이 상하셨을 때는 '야'라는 험악한 호칭이 튀어나오기도 한다는 것이다. 더 큰 문제는 어머니가 맥주를 너무 좋아하셔서 낮이고 밤이고 술을 자주 하신다는 거고, 술이 들어가면 대부분 기분이 안 좋아지신다는 거다. 그러니 남편과 나는 뜬금없이 대낮에 전화한 어머니의 목소리에 취기가 있으면 험한 말 들을 각오를 하고 그저 빨리 끊을 궁리만 한다.

'야!'라는 호칭은 언제 들어도 기분이 안 좋다. 물론 아주 친한 친구끼리는 간혹 쓸 수 있는 호칭이다. 하지만 그것도 어릴 때 얘기지, 다 큰 성인들끼리 그것도 그다지 가깝지 않은 사이에 '야'라고 부르면 상대방이 싫어서 시비를 걸고 싶은 경우일 거다.

며느리를 지칭할 수 있는 다른 단어가 많은데 굳이 사돈의 귀한 딸을 그렇게 부를 이유가 대체 무엇이란 말인가? 나는 그런 대우를 받아도 되는 존재인가? 나를 이유 없이 하대하고 막 대하는 사람에게 나보다 어른이라는 이유로, 남편의 부모님이란 이유로 정성을 다해야 할까?

어머니의 요상한 호칭 사용법은 사돈에게도 적용되곤 했다. 내 앞에서 친정엄마를 '너거 엄마'라고 하시거나, 아들 앞에서 '너거 장모'라고 하는 경우가 많았다. 아들과 단둘이 있을 때 '너거 장모'라고 부른들 누가 뭐라 하겠는가? 하지만 내 앞에서 그렇게 예의 없는 단어로 지칭하면 참 속이 상하고 기분이 나빴다. 사돈이라는 멀쩡한 단어를 두고 대체 왜 그렇게 부르시는 걸까?

한번은 도저히 참지 못하고 남편에게 화를 냈고, 남편은 내가 보는 앞에서 시어머니의 말을 정정해주었다.

"엄마! 장모님한테 '너거 엄마'가 뭐야. 사돈이라고 해."

아들의 말에는 낯부끄러우셨는지 알겠다며 웃어넘기셨는데, 남편이 그 말을 하지 않았더라면 화가 치민 내가 직접 말씀드렸을 것이다.

말은 그 사람의 인성과 성격을 그대로 보여준다. 어떤 단어를 선택하고, 어떤 어투를 사용하고, 어떤 뉘앙스로 말하느냐에 따라 사람이 전혀 다르게 보이기도 한다. 말 한마디로 천 냥 빚도 갚는다는데, 한마디로 천 냥 빚을 지고 며느리 마음속에 깊은 생채기를 내는 분도 있으니 안타까울 따름이다.

예쁘고 좋은 말씀만 해주시고, 실수해도 괜찮다 해주시는 시어머니를 만났다면 나는 남편이 시키지 않아도 대리 효도쯤이야 스스로 하는 이 시대의 마지막 헌신적인 며느리가 되었을지도 모르겠다. 그런 일이 일어나지 않았으니 쉽게 하는 말일지는 몰라도, 시어머니를 만나고 말의 중요성을 다시금 생각하고 깨달았으니 뭐, 하나는 제대로 배운 셈일까.

참 씁쓸한 교훈이다.

단체 채팅방

◇

아차 싶은 순간이 있다. 시부모님 단톡방에 세상 하나뿐인 손녀 사진 업데이트하는 걸 한참 동안 깜빡한 것을 깨달았을 때.

남편 출근시키고 허둥지둥 챙겨 아이 등원시키고 돌아온 아침 10시, 이미 지친 얼굴로 걸터앉아 잠시 쉬다가 문득 그 깨달음의 순간이 덮친다. 지난 주말 캠핑 다녀오느라 영상통화도 못 했는데 큰일이다. 이미 너무 늦어버린 것이 아니길 바라며 채팅방을 연다. 이제 사진을 신중하게 골라야 할 타이밍이다. 한 끗 차이로 아이 잘 키우는 며느리가 되느냐, 남편은 처자식 먹여 살리느라 뼈 빠지게 일하는데 팔자 늘어지게 노느라 볼살 통통해진 며느리가 되느냐가 결정된다.

가족 나들이 사진이라도 내가 들어간 건 굳이 보낼 필요 없다. 그분들은 내가 궁금한 게 아니니까. 예쁜 내 사진은 친정 단톡방에만 보내면 된다. 어머니의 금쪽같은 아드님과 눈, 코, 입, 귀, 손톱, 발톱, 머리카락, 자는 모습마저 똑 닮은 손녀가 함께 나온 사진이면 금상첨화. 알파벳을 줄줄 읽는 동영상이나 새로 배운 동요를 귀엽게 불러대는 동영상이면 200점이다.

오늘이 화요일이니 목요일쯤, 지난 주말에 못 한 영상통화를 드리면 삐치지 않으시려나. 내일 저녁 무렵 시아버지가 먼저 전화를 하실지도 모르겠다. 단톡방에 올라온 사진과 실시간 손녀의 모습은 또 다른 법이니까.

이런 습관은 딸아이를 낳고 만 3년 동안 수많은 경험이 축적되어 만들어진 나만의 매뉴얼이다. 며칠 사진 전송을 깜빡했다가 떨어지는 불호령을 수없이 당해내고 이틀, 사흘, 나흘을 거쳐 주로 주말에, 즉 일주일 간격으로 영상통화 정도 하는 것으로 시부모님을 길들이기(?)까지 나의 피나는 노력이 있었다. 도대체 나는 무엇 때문에 이다지도 치밀해져온 것일까.

상처를 수없이 받고, 결국 '며느리는 남이다'라는 결론에 도달한 것일까. 백 번 잘해도 한 번 못 하면 도루묵이 되었던 천 번의 상황들. 이제는 좀 내려놓고 편하게 살고 싶다.

아이가 마구 떼쓰며 울고불고하는 동영상도 내 눈엔 너무 귀여워 찍어둔 건데 그런 것도 시부모님과 공유하며 같이 웃고 싶다. 인형처럼 방긋방긋 웃기만 하는 아이, 네 살에 한글을 읽는 아이, 영어 동요를 부르는 아이의 모습만 시부모님께 보내고 싶진 않다. 아이의 얼굴 상태나 아이의 옷, 아이가 먹는 반찬, 아이의 발달 상황을 시시각각 점검받으며 살고 싶지도 않다.

며느리는 손자를 잘 키우나 못 키우나 감시해야 할 대상이 아니다. 며느리도 손자도 모두 그저 사랑하는 가족이 되기를 바란다. 아이가 너무 예쁘고 자주 보고 싶은 것도 당연히 이해하지만, 한 발짝 물러나서 며느리의 육아 방식을 응원해준다면 정말로 좋겠다.

네 엄마가 된장국만 주니?

◇

남편이 회사일 때문에 늦으면 아이와 둘이 저녁 식사를 한다. 그러면 그날이 아이와 시부모님 영상통화하는 날이 된다.

아이가 제법 크고부터는 한자리에 가만히 있질 않기 때문에 밥을 먹는 동안 시부모님에게 전화를 한다. 그나마 밥 먹는 동안은 유아용 식탁 의자에 갇혀 있기 때문이다.

아이가 두세 살이었을 때는 영상통화하면서 시부모님에게 꼬투리 잡힌 적이 많았다. 아이가 한창 산만할 때라 통화 중 할머니, 할아버지가 묻는 말에 제대로 대답하지 않거나 인사를 안 하는 경우도 많았기 때문이다. 그 나이 대 아이들이 다 그런 건데 시부모님은 그것조차 다 내 탓을 하셨다.

그래서 이후에는 시부모님과 영상통화를 할 때는 주변을 완벽하게 세팅하고 나서 전화를 건다. 화면에 잡힐 집 상태가 깨끗한지, 아이는 바르게 앉아 예쁜 얼굴로 밥을 먹고 있는지 등을 점검하는 것이다. 시어머니 목소리를 들으며 밥을 먹다간 체할 수도 있으므로, 나는 식사를 다 마쳤으나 아이는 아직 열심히 밥을 먹느라 의자에서 내려가 화면에서 이탈할 가능성이 적은 상태가 전화를 걸 타이밍이다.

"아이고 예쁜 우리 애기, 밥 먹니? 할미는 우리 애기 보고 싶어서 혼났네."

사흘 전에 영상통화를 했으면서도 오랜만이라는 이야기가 예외 없이 이어진다. 적당히 안부 인사와 저녁은 드셨냐는 말을 건네고, 아이에게 바통을 넘긴다. 아이가 웃으며 할머니, 할아버지를 기쁘게 해 이 시간이 어서 빨리, 무사히 지나가길 바라면서.

늘 같은 질문이 이어진다.

"어린이집은 잘 다녀왔니?"

"우리 애기 오늘은 뭐 했어?"

"아이구, 밥 먹는구나. 뭐 먹고 있어?"

어린아이답게 편식이 있는 아이를 위해서 그나마 잘 먹는 된장국이나 미역국을 자주 끓여주는데, 그날의 메뉴는 시금치 된장국이었다. 그런데 아이의 식판에 있는 된장국이 화면에 잡혔나 보다. 그 순간을 놓치지 않고 시어머니가 한 말씀 하신다.

"또 된장국 먹니? 엄마가 맨날 된장국만 끓여주니?"

"어머니, 애 다른 것 해주면 안 먹고 다 버려요. 된장국이라도 해줘야 잘 먹어서 자주 해주는 거예요."라고 해보지만 내 말 따위는

듣지 않고 아이에게 다른 말을 하고 계신다.

아무 의미 없이 그냥 내던진 말에 내가 과민 반응하는 것일 수도 있다. 그런데 그 한마디가 사람을 참 속상하게 만든다.

내 아이는 내가 제일 잘 아는데, 어떤 반찬을 만들어주어야 밥을 잘 먹는지, 어떤 걸 먹으면 탈이 잘 나는지, 무엇을 좋아하는지, 늘 곁에서 보고 보살피는 사람은 엄마인 나인데. 아이를 가장 걱정하고 사랑하는 사람도 나인데 왜 툭 내뱉는 말 한마디로 나를 '귀한 어머니 손녀 대충 보살피는 보모'쯤으로 만드시는 걸까. 오랜만에 밥을 잘 먹어서 내가 아이에게 보상으로 주는 사탕 하나는 왜 이 썩게 하는 나쁜 사탕이고, 어머니가 사 주시는 '새콤달콤'은 먹어도 괜찮은 게 되는 걸까.

말 한마디에도 여러 가지 의미를 파헤쳐 '내가 마음에 안 드시는 걸까?' 생각해야 하는 어려운 자리, 며느리. 말 한마디라도 듣는 사람이 어떻게 느낄지 한 번만 더 생각하고 말씀해주신다면 얼마나 좋을까. 무심코 던진 돌에 개구리는 맞아 죽고, 무심코 던진 한마디에 누군가는 가슴에 상처만 쌓여가 언젠가는 마음의 문을 꽁꽁 닫아버릴지도 모를 일이다.

주변을
깨끗하게
치우고~

아이를
깔끔한 상태로
바르게 앉힌 후~

어머님~

Wi-Fi
(쓩)
아이구~
우리 애기
또 된장국 먹네!
엄마가 된장국만 주니?

아이 엄마는 저예요

◇

손주 사랑이 과한 시부모들이 있다. 과한 사랑은 집착으로 변질되어 육아의 1부터 10까지 간섭하는 일이 종종 생긴다.

"얘, 우리 땐 그렇게 안 키웠어."

"애 울리지 말고 바로바로 안아줘라."

"이것 좀 먹여봐라. 괜찮아. 먹어도 돼."

애 키우는 일로 일일이 간섭받아야 하는 며느리의 스트레스는 극에 달할 수밖에 없다.

육아 간섭 문제로 고부 갈등을 겪는 며느리들이 맘 카페에 하소연하는 글 중에는 아이를 데려가 안아보지도 못하게 한다거나, 시어머니가 본인 젖을 먹여서 미쳐버릴 것 같다는 사연도 심심치 않게 등장한다.

어째서 내 아이를 엄마인 내 뜻대로 키우게 내버려두지 않는 것일까.

요즘은 서구권처럼 아이가 혼자 잠들 수 있도록 '수면 교육(아이를 아기 때부터 분리된 공간이나 방에서 혼자 자도록 교육하는 것)'을 하는 엄마들이 늘어나고 있다. 나 또한 아이가 8개월에 접어들었을 무렵부터 수면 교육을 시작했다. 8시 즈음 목욕시키고 잘 준비를 한 다음 9시면 잠자리에 들어 혼자 잘 수 있게 한 것이다. 아이가 적응하기까지는 몇 주가 걸렸다. 그 과정에서 가장 애를 먹인 게 시가의 간섭이었다.

당시 시가 근처에 살던 중이라 시가에 가 있는 일이 많았다. 저녁이 되면 이제 집에 돌아가 규칙대로 아이를 씻기고 재우고 싶은데, 그럴 때마다 시어머니는 "애가 졸리면 자겠지. 네 엄마 정말 너무한다, 그치? 너 막 울리고, 자기 싫은데 억지로 재우지?" 하며 나를 유별난 엄마 취급했다. 그런 말 들을 때마다 얼마나 기분이 안 좋고 속이 상하던지.

하지만 나는 포기하지 않았다. 내 아이를 키우는 사람은 나이고, 아이를 제시간에 재우도록 규칙을 세우는 것도 내가 주체적으로 할 수 있는 일이다. 저녁 8시면 시가에 있다가도 자리에서 일어날 준비를 하고, 한 소리를 들어도 기어코 집으로 돌아갔다. 아이가 짜증을 부리면 "어머니 얘, 지금 졸려서 우는 거예요. 가서 씻기고 재워야 해요."라고 계속해서 말했다.

갓 이유식을 시작한 아이에게 짠 국을 먹이려 한다거나, 알레르기 유발 식품이라 좀 더 나중에 먹이고 싶었던 음식을 나 몰래 먹이셨을 때는 화가 머리끝까지 났다. 좋은 게 좋은 거라고 "어머니, 그러시면 안 돼요." 하며 구구절절 설명하고 부탁을 드려도 며느리에게 돌아오는 것은 빈정거림뿐이었다.

"어디서 또박또박 말대꾸냐? 버르장머리 없이. 애 참 유난스럽게 키운다."

요즘 엄마들처럼 유난 떨지 않아도 애들 잘 큰다는 어른들 말씀도 지나고 보면 어느 정도 사실이긴 하다. 그럴지라도 내가 요즘 엄마라는 사실은 변하지 않는다. 다른 엄마들이 하는 건 나도 해보고 싶고, 내 아이 먹는 것, 교육하는 것은 나의 주관대로 하고 싶은 게 엄마의 마음이다.

당신들이 당신들 아들딸을 엄마로서 키워냈듯이, 손주의 엄마는 당신이 아니라 며느리라는 사실, 손주를 세상에서 가장 사랑하는 사람 역시 엄마인 며느리라는 사실을 제발 잊지 마세요. 아이의 엄마는 저예요!

친정 좀 가게 해주세요

◇

추석을 일주일가량 앞둔 어느 날, 잠시 쉬면서 맘 카페 글을 보고 있자니 하나같이 시가에 가기 싫어 죽겠다는 내용이다. 나도 시가에 가서 자고 올 생각을 하니 한 달 전부터 가슴이 답답한데 전국의 며느리들이 다 같은 생각인가 보다. 동질감에 이 글 저 글 읽다 보니 명절에 친정 가기가 왜 이렇게 힘드냐 푸념이 눈에 많이 띄었다.

어떤 시어머니는 명절날 아침 차례 지낸 뒤 아들 내외를 앞세워 당신 친정엘 가신단다. 어영부영 시외가까지 다녀와 점심 저녁 먹고 하다 보면 명절 당일이 훌쩍 지나가버리니, 친정에 얼른 가고 싶은 며느리 속만 탄다고 한다.

시어머니는 자기 친정에 가면서 며느리는 친정에 빨리 보내주지 않는 건 대체 무슨 마음일까. 며느리도 사돈에게는 한 시간이라도 더 보고 싶은 딸이고 가족인데, 아들을 더 오래 잡아두고 싶은 본인의 마음만 앞서는 것일까.

또 어떤 시어머니는 며느리에게 친정은 명절 일주일 전에 다녀오고, 명절 내내 시가에만 있으라고 했단다. 개중 가장 자주 등장하는 레퍼토리는 시누이가 곧 올 테니, 시누이 내외와 저녁 먹고 가라고 붙잡아둔다는 것이다. 어머니의 딸인 시누이는 시가에서 친정에 오는데 대체 왜 본인 며느리는 친정에 못 가게 잡아두는 것인지 모르겠다며 울분을 토하는 수많은 며느리들. 딸을 보는 눈과 며느리를 보는 눈이 이렇게 속 보이게 다른데 어찌 본인은 좋은 시어머니라고 하고들 다니는 건지 고개를 절레절레 흔들었다.

나의 경우 분란을 만들기 싫어서 일단 시가에 먼저 가는 것에 반기를 든 적이 없다. 매도 먼저 맞는 것이 낫다고, 시가 먼저 갔다가 친정에 가는 것이 오히려 마음 편하기 때문이다. 친정에 먼저 간다고 해도 이후에 또 시가에 갈 생각을 하면 친정에서 마음 편히 쉬지 못할 것 같기도 하고. 그런데 시가는 대전, 친정은 부산이라 명절 때마다 전국 일주를 해야 하는데 아이가 어리니 기차를 타기도, 운전을 해서 다니기도 퍽 힘들다.

한번은 명절 연휴가 짧아 부산까지 다녀올 자신이 없어 시가에만 간 적이 있다. 여느 때처럼 명절 당일 성묘를 마치고 큰고모님 댁에 갔는데 시가 어르신께서 나에게 친정은 언제 가냐고 물으셨다. 그런데 내가 대답하기도 전에 시어머니가 나서서 선수를 치는 게 아닌가.

"응. 가야지. 부산이라 이제 내려가야 돼."

이번엔 친정 안 가고 바로 서울로 올라가겠다고 말씀드렸는데 왜 거짓말을 하시는 거지? 며느리 친정에도 안 보내는 나쁜 시어머니로 보일까 봐 그러셨던 건가 싶어 꽤 황당했던 기억이 있다.

그 이후에는 길이 막히든 말든 무조건 친정에도 간다. 안 가는 걸 당연하다고 생각하시는 게 싫어서다. 성묘 마치고 큰댁에 가서 인사까지 드렸으면 이제 친정에 가라고 먼저 말해주면 좋겠는데, 큰댁에만 가면 자리에서 일어날 생각을 안 하셔서 바짝바짝 속이 타지만 말이다. 지난 설에도 큰댁에서 시간을 지체하고 시가에 돌아와 점심까지 먹고 늦장 부리는 바람에 부산에는 밤이 되어서야 도착했다. 대전에서 부산까지 무려 여섯 시간이나 걸려서.

설 연휴가 끝난 어느 겨울, 카페에 앉아 있는데 옆 테이블에 시어머니뻘 되는 아주머니가 여럿 앉아 이야기를 나누고 계셨다. 명절이 지나고 나면 맘 카페가 시가에서의 명절 에피소드나 시어머니 성토 글로 도배되듯이, 그들도 며느리 뒷말을 하고 있었다. 같이 욕하면서 싹트는 여자들의 우정은 나이가 들어도 변함이 없구나 생각하며 조금 재미있고 신기한 마음으로 엿듣고 있자니, 울컥울컥 화가 치밀었다.

“아니, 우리 며느리는 명절에 시댁 와서 설거지할 생각도 않고 앉아 있는 거 있지?”

“아이고, 우리 집은 아침 먹자마자 친정으로 내빼더라.”

“어쩜 그렇게들 버릇이 없을까? 그런 나쁜 며느리들은 혼 좀 나야 되는데….”

그들이 며느리로 살던 시절에는 그런 행동이 말도 안 되는 일이었고, 만약 그런 간 큰 며느리가 있다면 된통 혼쭐이 나야 할 대상이었다. 시가가 하늘이던 가부장적인 시대.

지금은 그런 세상이 아니다. 그들이 자신들이 겪은 불합리와 부당함을 며느리에게도 똑같이 대물림한다면 자신의 딸에게도 똑같은 세상을 물려주는 것과 다르지 않다. 딸이 시가에서 겪는 고부 갈등과 불합리에 마음 아파하면서도 며느리에게는 그 사돈과 똑같은 시어머니가 된다면 앞으로도 아무것도 변하지 않을 것이다. 잊지 말아주셨으면 좋겠다. 며느리의 눈물과 속상함이 결국은 내 딸이 겪고 있을 고충이라는 것을.

잠만은 편하게 자고 싶어요

◇

"늦었는데 자고 가지 그러니."

순간 가슴이 덜컥 내려앉는다.

시가에서 자는 것은 너무나도 불편하다. 내 집이 아니니 당연한 일이다. 하물며 친정도 내 물건들이 없어서 불편한데, 아침에 일어나 뭐라도 하는 척해야 하는 시집이야 오죽할까. 꽉 죄는 속옷을 벗고 있을 수도 없고, 짧은 운동복 바지를 입기도 민망하니 더 그렇다.

자주 볼 수 없는 아들 내외와 손녀가 집에 오면 한 시간이라도 더 있길 바라시는 마음이 이해되지 않는 것은 아니다. 중요한 것은 그 마음에 조금의 배려가 더해진다면 훨씬 더 좋을 텐데 하는 것이다.

시가에 도착하면 남편은 자기 방에 들어가 자거나 TV부터 켠다. 하지만 며느리는 어디 들어가 처박혀 있을 수가 없다. 아들은 회사 다니느라 운전하느라 힘들었을 테니 당연히 쉬어야 한다 생각해 그냥 두고, 하나뿐인 며느리가 조잘조잘 애교도 부리고 딸같이 굴기를 바라는 시부모 때문이다. 그러나 시부모 앞에서 말 많이 해봐야 좋을 거 하나 없다. 말이 길어질수록 꼬투리 잡힐 가능성만 커질 뿐이다.

이것은 숱한 경험으로 터득한 사실이다. 그렇게 점차 말수는 줄고 눈치만 보게 되니 시집에 있는 동안은 시계가 멈춘 것만 같다. 수도 없이 시계를 들여다보며 어서 탈출할 시간만을 노리고 있는데, "늦었는데 자고 가지 그러니." 또는 "차 막힐 텐데 자고 내일 아침 일찍 가렴."이라고 하시면 울고만 싶어진다.

저녁은 모두 편하게 외식을 해도 좋을 텐데, 시집 냉장고에는 항상 고기가 있고, 시아버지가 농장에서 잡아 온 닭으로 삼계탕도 끓여 먹어야 한다. 그렇게 겨우 저녁을 해 먹고 나면 이제 슬슬 일어나고 싶어지지만 아직 끝이 아니다.

며느리는 과일도 내와서 깎아 드려야 하고, TV 보며 이야기도 더 나누어야 한다. 사실 결혼한 지 몇 년이 되었어도 아직 잘 모르겠는 많고 많은 시가 친지 중 누구의 새 차 장만 소식이나 이직 소식, 누구네 아이가 1등을 했다는 이야기를 재미있는 척 하하 호호 웃으며 두어 시간쯤 들어주어야 한다.

낮에는 그리도 느리게 가던 야속한 시곗바늘이 날개를 단 듯이 움직인다. 속이 바짝바짝 타 들어간다. 남편이 이제 집에 가야겠노라 말을 꺼내주길 바라지만 세상 편한 표정을 한 채 아무 생각이 없

늦었는데
자고 가지 그러니?
편하게 생각하고~

어 보인다. 이미 힘든 하루를 보냈는데 내일 눈을 뜨면 또 시집일 거라는 사실이 현실로 다가올 때는 절망적이다.

아들 얼굴 손녀 재롱 보면서 즐거운 하루를 보내셨으면, 며느리도 밤에는 편히 쉴 수 있게 집에 보내주시면 얼마나 좋을까.

며느리들이 시가에서 자고 오는 것을 그토록 싫어하는 것은 나도 가족의 일원으로서 배려받고 존중받고 있다는 느낌, 내 집처럼 편안하다는 느낌이 없어서라는 것. 그 당연한 사실을 알아주시는 시부모님이 많아졌으면 좋겠다.

며느리는 시어머니한테 혼나야만 하는 존재인가요?

◇

맘 카페에 올라왔던 한 고부 갈등 관련 글의 제목이다. 그녀는 시어머니가 본인에게 실수했던 일을 떠올리며 하소연하고 있었다. 며느리와 통화가 끝난 줄 착각하고, 전화기에 대고 며느리 뒷말을 한 것을 그녀가 듣게 된 것이다. 며느리가 정말로 잘못한 일도 아니었고 시어머니의 오해로 빚어진 일인데 며느리의 뒷말을 한 것이다. 며느리가 "어머니, 저 아직 듣고 있어요."라고 하자, 미안하단 말도 없이 시어머니는 바로 이렇게 말했다고 한다.

"나는 며느리 안 혼낸다. 앞으로도 그럴 거고. 내 시어머니도 내가 실수해도 한 번도 혼낸 적이 없으셨다. 그래서 나도 깊은 가르침을 받았지."

아니, 미안하다고 먼저 사과해도 기분이 풀릴까 말까 한데, 잘못하지도 않은 며느리를 혼내니 마니 하자 더 기분이 나빠진 그녀는 시어머니가 그저 가소로웠다고 했다. '며느리는 꼭 혼을 내든지 말든지 해야 하는 존재'라는 전제가 더 어처구니없었다는 것이다. 시부모와 며느리가 주종 관계인가? 수직 관계인가? 그녀는 자신의 글을 읽을 네티즌들에게 "제가 강아지인가요, 어린애인가요? 왜 제가 어머니에게 혼나야 하는데요? 사위가 장인 장모에게 혼났다는 말 들어보셨어요?"라며 울분을 토했다.

그녀의 '가소롭다'는 표현은 시어머니의 어른스럽지 못한 모습을 비꼬는 것이었다. 어른스러움은 아랫사람을 혼내는 데서 나오지 않는다. 어른스러움은 나이가 더 많은 사람이라도 잘못했으면 진심으로 먼저 사과할 수 있는 용기, 그리고 나보다 어린 사람 또는 상대의 실수도 너그럽게 눈감아주고 보듬어줄 수 있는 배려심에서 나온다.

이 며느리의 짧은 사연을 읽으며 나의 시어머니가 떠올랐다. 나는 시어머니에게 단 한 번도 미안하다는 말을 들어본 적이 없다. 그녀는 미안함을 다른 방식으로, 물질적 보상으로 대신하곤 했다.

'미안'이라는 단어를 들은 기억은 그녀와의 갈등이 최고조에 달해 서로 울며불며 한 시간 동안 통화를 할 때, 비꼬듯이 "미안하네요. 내가 무식해서 며느리 마음도 모르고." 하며 건넨 거짓 사과뿐이었다.

이제는 그녀가 나를 크게 다치게 하는 일은 없지만, 있더라도 나 역시 어느 정도 대처법을 터득했다. 한 귀로 듣고 한 귀로 흘리기, 구태여 나에게 상처 주려는 사람의 말은 귀담아듣지 않기, 마음속에 담아두지 않기, 그것이 고의든 아니든 슬프고 속상한 말이 나 자신을 해치게 두지 않기, 나만의 기분 전환법과 행복법으로 그 일을 억지로라도 잊는 것이다.

누군가를 혼낼 수 있는 위치에 있는 사람은 아무도 없다. 아이들을 가르치는 선생님도 마찬가지다. 그들은 아이들이 바른길로 갈 수 있게 인도해주는 일을 업으로 하는 사람이다. 내 자식도 혼내기만 하면 엇나갈 뿐이다.

정말 좋은 자식 교육법은 스스로 멋진 어른으로 살아가는 모습을, 배우자끼리 서로 존경하고 존중하는 멋진 부모의 모습을, 바른 시민의식을 가진 사람으로 살아가는 모습을 몸소 보여주는 것이다. 이 단순한 진리를 아는 사람만이 선한 영향력을 가진, 누구나 곁에 있고 싶어 하는 사람, 인생 선배, 친구가 될 것이다.

어려운 사이

◇

시어머니의 말에 상처받을 때마다 생각한 것이 있다. '어머니는 왜 저렇게 나를 편하게 대하실까?' 하는 것이다. 장모가 사위를 생각하듯이, 시어머니도 며느리를 좀 더 어려워하면 얼마나 좋을까 하는 생각. 어째서 사위는 '백년손님'이라 부르며 상다리 부러지게 음식을 차려 대접하고, 불편할까 봐 자주 전화도 못 하면서 며느리에게는 왜 반대로 대할까?

내가 전업주부로 지내는 동안 시어머니는 말로는 늘 힘들게 일하지 말라면서도, 공무원 시험 준비를 하면 어떻겠냐고 은근히 압박하셨고, 툭하면 나에게 전화해 이런저런 부탁을 하셨다. 지금 홈쇼핑에 방송 중인 상품을 핸드폰으로 결제하라거나 필요한 걸 사서 보내라는 핑계로 전화를 해서는 한 시간 이상 통화를 이어갔다. 나는 꼼짝없이 다른 집 며느리 이야기며, 알고 싶지도 않은 어머니 이웃이나 친지들 이야기를 시시콜콜 들어야 했다. 아들은 회사에서 일하느라 '바쁘니까' 대신 '집에서 노는' 며느리에게 전화를 한 거였다. 시아버지도 아들의 퇴근 여부를 나에게 물으며 주어도 없이 다짜고짜 "집에 안 왔냐?" 하시곤 했다.

반면 친정 부모님이 사위에게 직접 전화하는 일은 1년에 두어 번 있을까 말까다. 사위를 어려워하기도 해서이지만, 간섭하지 않아야 딸 부부가 더 행복할 수 있다는 걸 아시기 때문이다.

시어머니가 원래 아들에게도 칭찬이나 격려가 인색하고 다정하게 말해주는 성격이 아니라 며느리인 나에게만 유독 퉁명스러운 게 아니라는 건 안다. 어머니는 며느리나 아들에게 뭔가 못마땅한 게 있으면 우리가 시가에 가도 본체만체하시며 기분 나쁜 티를 내시고, 나를 '야!'라고 부르거나 구시렁거리며 다 들리게 혼잣말을 하시곤 했다. 그럴 때면 나는 가시방석이 되어 안절부절못하게 된다.

나를 그렇게 막 대해도 되는 사람이 아니라 '남의 딸', '내 아들과 결혼한 사람'으로 어렵게 대해주면 안 될까? 며느리가 시부모님에게 대들거나 화가 나도 함부로 하지 못하는 것은 그들이 어른이어서이기도 하지만, 존중해드려야 하는 '어려운 사이'라서이기도 하다. 내 남편을 낳아주고 키워주신 분들에 대한 최소한의 예의를 갖추는 것이다. 그런데 어째서 시어머니는 나를 '막' 대하는 걸까. 당신의 아들과 결혼해 당신의 손주를 낳아 기르는 소중한 사람이라는 생각을 왜 못 할까.

친한 사이일수록, 가까운 사이일수록 더 말을 조심하고 예의를 지켜야 한다. 나도 말을 조심하지 못해서 친한 친구와 사이가 틀어질 뻔했다가 크게 깨달은 적이 있다. 우리는 간혹 가까운 사이니 당연히 이해해줄 거라는 생각에 소중한 사람을 너무 함부로 대할 때가 있다.

이해받고 싶다면, 존중받고 싶다면, 나부터 상대방을 존중해야 됨을, 말 한마디가 상대방에게는 얼마나 크게 다가올 수 있는지를 한 번만 더 생각하고 살아간다면 고부 갈등을 포함하여 모든 인간관계의 갈등은 훨씬 줄어들 것이다.

딸 있는 시어머니, 딸 없는 시어머니

◇

시어머니에겐 딸이 없다. 남편이 유일한 자식이다. 친정엄마에겐 딸도 있고 아들도 있다. 개인적으로 이런 조건의 두 시어머니가 며느리를 대하는 방식이나 생각, 행동에는 차이가 있을지 무척 궁금했다. 그런데 내가 관찰해보니, 시어머니와 친정엄마는 성격 차이에서 비롯된 약간의 차이가 있을 뿐, 기본적인 인식과 태도는 크게 다르지 않았다.

시어머니가 나에게 모진 언행을 할 때마다, 그녀에게 딸이 있었으면 나에게 이렇게까지는 안 하지 않았을까 생각한 적이 있다. 딸 가진 친정엄마의 마음을 아실 테니까 말이다.

어머니는 젊어서부터 시가와 멀리 떨어져 살았고, 생업에 종사하느라 바쁘다는 이유로 몇십 년 동안 제사나 명절 등의 행사에도 거의 참석하지 않았다고 했다. 당연히 당신 시어머니와 얼굴 마주할 일도 많지 않았고, 여럿 되는 시누이들(남편의 고모들)도 어머니가 장사 수완이 좋아 돈을 잘 벌자 함부로 대하지 못했다고 한다. 어머니는 시가에 큰일이 있을 때마다 노동력 대신 큰돈을 척척 내놓는 것으로 평소에 못다 한 며느리 노릇을 대신하셨다고 했다.

그렇다면 어머니는 시어머니와 시누이들에게 시집살이란 걸 당해본 적이 없어서 나에게 더 가혹하셨던 걸까? 그 서러움과 응어리, 상처들을 알았다면 차마 사돈의 귀한 딸인 나에게 그러지는 못하셨을까?

안타깝게도 본인의 과거 경험이 좋은 시어머니가 되느냐 나쁜 시어머니가 되느냐에 큰 영향을 주는 것 같지는 않다.

친정엄마는 평생 홀시아버지를 모시며 모진 구박을 당하셨다. 그런데 며느리가 들어오자 꽤 가혹한 시어머니 노릇을 하고 계신다. 시어머니가 나에게 하듯 상스런 말까지 쓰는 건 아니지만, 며느리 입장에선 상당히 기분 나쁘고 서럽고 가슴 아플 말실수를 많이 하는 바람에 올케와 친정엄마도 고부 갈등을 겪고 있다.

친정엄마는 내가 시어머니의 언행에 그토록 상처받고 힘들어하는 걸 너무 잘 알면서 왜 올케에겐 그와 똑같은 시어머니가 되고 만 것일까? 아들 가진 엄마의 어쩔 수 없는 숙명일까? 어째서 엄마들은 딸보다 아들에 더 집착해 며느리에게 질투 아닌 시기 비슷한 감정을 느끼고, 자기도 모르는 새 며느리들에게 상처 되는 말을 내뱉어버리는 걸까?

어머니 세대는 대부분 힘들고 가난하게 살아오셨기 때문에 자신이 못 했던 걸 딸이 하는 걸 보며 대리 만족하고 보상받으려는 심리가 있다. 가난하고 못 배워서 접어둘 수밖에 없었던 꿈을 딸이 대신 이뤄주길 바라기도 하고, 딸이 번듯한 사윗감을 데려오면 마치 자신이 다시 시집을 가기라도 하듯 흐뭇해한다.

하지만 아들은 다르다. 딸과 달리 이성이기도 하고, 남편의 젊은 버전이지만 남편보다 훨씬 더 나를 이해해주고 내 말을 잘 들어주는 애인의 대체재 같은 상대가 되기도 하는 것이다. 그렇게 의지해온 아들이 결혼 후 단숨에 자기 아내에게만 충성을 다하는 '며느리의 남편'으로 돌변해버릴 때 느끼는 허탈함과 미움이 차마 아들에게는 가지 못하고, 갈 곳을 잃어 방황하다가 며느리를 향하기도 하는 것이다.

애석하게도 딸이 있건 없건 시어머니는 시어머니 노릇을 하게 된다는 결론인가. 시집이란 걸 와서 조선시대부터 부여받아온 며느리 노릇이란 걸, 생전 처음 보는 어른들에게 아직도 해야만 하는 며느리의 입장도 생각해줄 수 있는 성품, 며느리를 괴롭히고 눈물 흘리게 하면 결국은 아들이 괴롭거나 불행해진다는 걸 꿰뚫어 볼 혜안, 이런 것들이 좋은 시어머니를 만드는 것 아닐까?

사돈은
왜 그리
널 못 잡아먹어서
안달이래니…
몰라…
너무 힘들어..

어머님~
저 왔어요!
올케 왔구나,
오랜만~

음…
…왔니?
?!?

너는
무슨 애가!
엄마!
지금
뭐 하는 거야!
왜 이렇게!
도대체!

알알이 걱정

◇

아이가 태어나고 엄마로서의 삶이 시작되면, 죽어 눈에 흙이 들어갈 때까지 '알알이 걱정으로 가득 차게' 된다. 한 드라마의 내레이션으로 나온 말이다. 나도 엄마이기에 그 말을 온전히 이해했다.

아이가 너무나도 소중하고 아이를 너무나도 사랑하니까, 유치원 버스 사고로 생때같은 아이들이 죽었다는 소식이나 아동 학대 뉴스 같은 걸 보면 감정이 이입되어 눈물이 막 솟구친다. 아이가 갑자기 베란다 난간에서 떨어져 죽기라도 하면 어떡하지? 학교 가는 길에 뉴스에 나오는 저런 미친놈한테 끌려가 성폭행이라도 당하면 어떡하지? 이런 말도 안 되는 극단적인 상상을 하며 만에 하나라도 그런 일이 생기면 내가 무너져 죽어버리지 않게 마음을 단련(?)할 정도이다.

자식은 나이를 먹어도 계속 자식이고 아이라, 어른이 되어 결혼을 해도 마음을 놓지 못한다. 며느리가 그동안 귀하게 키운 내 아들을 데려갔는데, 내가 해주던 것처럼 아침은 잘 챙겨 먹이는 건지, 사위가 손에 물 한 방울 안 묻히고 행복하게 해주겠다며 딸을 데려가

놓고 울리지는 않는지 노심초사하기 마련이다.

나도 엄마이기에, 똑같이 내 자식을 한없이 걱정하기에, 아들 챙기는 시어머니 마음이 이해되지 않는 것은 아니다. 아들이 생일날 미역국은 얻어먹는지, 힘들게 일하고 온 아들에게 음식물 쓰레기봉투 들려 내보내거나 똥 기저귀 갈라고 시키진 않는지 왜 궁금하지 않겠는가.

시어머니는 내가 김치를 잘 먹지 않는 걸 알면서도, 아들이 회사 일로 늦게 와 집에서 밥 먹는 날이 드물다는 걸 알면서도, 시가에 갈 때마다 아들이 좋아하는 온갖 김치와 반찬들을 싸 주시곤 한다. 그런 반찬들은 남편이 몇 번 집어 먹고 나면 결국 몇 달 동안 냉장고에 갇혀 있다가, 멀쩡한 음식 버린다는 내 양심의 가책이 반 정도 사그라질 무렵 한꺼번에 대용량 음식물 쓰레기봉투로 직행한다. 일 년에 두어 번 정도 시어머니가 볼일 보러 서울 오신 김에 아들 집에 들르는데, 그 전날이 바로 냉장고 정리하는 날이 되는 것이다.

한 지인의 시어머니는 맞벌이하는 아들 부부의 손자 손녀를 봐주기 위해 아들 집에 같이 사시는데, 여섯 살 손녀 유치원에 보내고 두 살 손자를 하루 종일 집에서 보살피며 살림도 하시고, 그 와중에 아들 아침 굶을까 싶어 새벽같이 일어나 김밥을 싸신다고 했다. 그분

아비가
열무김치 좋아하니까
가져가~
먹을 때 곰팡이는
걷어내고~

이 고기들은
3년쯤 됐는데
얼려놔서 신선해
밑반찬들은
먹다가 남은 거
아까우니까
싸 가~

어머님,
감사해요.
맛있게
잘 먹겠습니다~

음식물쓰레기
-가정용-
음식물전용수거함

의 육아는 아들이 마흔이 다 되어서도 끝나지 않은 셈이다. 시어머니의 그런 마음도 같은 엄마로서 며느리가 이해할 수 있다면 참 좋겠지만, 사실 며느리는 결혼 생활의 간섭으로 느낄 수밖에 없다.

남편 생일 미역국이야 안 바쁘면 당연히 알아서 끓여줄 테고, 맞벌이거나 육아로 지치면 못 끓여줄 수도 있는 거고, 굳이 시어머니가 담근 김치 아니어도 밥 잘 먹는데 제발 그런 것들 확인하러 하루걸러 전화하지만 않으면 오히려 부부끼리 더 행복하게 살 텐데, 하고 생각하기 마련이다.

알알이 걱정인 엄마의 마음도, 아들이 결혼하면 고이 접어서 흘러간 시간 뒤편으로 보낼 수 있다면 서로에게 얼마나 좋을까. 아들을 30년 정도 귀하게 키워내셨으면 이제 그만 '오랜 육아'에서 벗어나도 좋지 않을까?

여자가 남편의 보모 역할을 시어머니에게 물려받으려고 결혼하는 건 아니지만, 남자는 관 뚜껑 닫을 때가 되어서야 철이 든다니, 사랑하는 남자를 기꺼이 '큰아들'로 여기며 보살펴주겠다지 않는가 말이다. 이제 그 힘든 육아와 걱정이라는 짐을 내려놓고 여생을 손자 재롱이나 보시고, 여행 다니며 보내시는 시어머니들이 많아지길 바랄 뿐이다.

시어머니 항복의 조건

◇

아이가 커가는 모습을 보면 참 신기하고 재미있다. 나도 이런 과정을 거쳐 점차 '인간'이 되어갔나 보다, 생각하며 마치 새로운 삶을 살아보는 느낌이다.

아이들은 보통 서너 살 무렵 어린이집에 다니며 첫 사회생활을 시작하는데, 발달 과정상 이 시기의 아이들은 친구와 진짜로 어울려서 논다기보다는 각자의 놀이를 하며 논다. 말문이 트인 아이들도 서로 대화를 하며 노는 것 같지만 자세히 들어보면 각자 자기 이야기만 하기 일쑤다. 아직 자기중심적이기 때문이다.

친구와 장난감을 갖고 노는 것도 마찬가지다. 양보하고 나눈다는 개념이 아직 없기 때문에 '내 것'에 대한 집착이 심하다. 어느 날은 아이가 집에 놀러 온 친구에게 장난감을 양보하지 않겠다고 억지 부리며 우는 걸 보는데 희한하게도 시어머니의 모습이 떠올랐다.

고부 갈등에 대한 주변 지인의 이야기나 인터넷 글들을 보면 참다못해 결국 시어머니와의 소통을 단절한 며느리들이 많다. 요즘

아주 흔한 일이다. 명절에도 아이와 남편만 시가에 보내거나, 극단적으로는 남편도 본인 어머니의 이중적인 모습을 알게 되어 이에 동참하기도 한다. 아내의 편이 되어주는 것이다.

또는 며느리가 일방적으로 시어머니의 연락처를 차단해 고부 갈등이 빚어지고 이로 인해 시어머니와 남편 사이가 안 좋아지는 경우도 많다. 갈등의 시작은 대부분 시어머니의 막말이나 행동에서 비롯된 것이어서 결국은 며느리의 승리로 끝나는 경우가 많다. 아이가 있는 경우 특히 그렇다. 며느리 비위를 맞추어야만 손주 얼굴 볼 수 있다는 걸 알기 때문이다.

이런 시어머니들은 6개월에서 1년쯤 버티다 은근슬쩍 연락을 하고, 아들을 통해 관계 회복을 시도하기도 한다. 이미 치가 떨릴 만큼, 이혼을 불사할 만큼 시가에 덴 며느리들은 시어머니의 그런 모습에 환멸을 느끼지만, 아이의 할머니라는 이유로, 남편의 어머니라는 이유로, 또는 '착한 며느리병'이 도져서 등의 이유로 관계는 다시 원점으로 돌아간다.

얼마간의 저항 기간 동안 누린 행복도 잠깐. 은근슬쩍 관계가 회복되면 불행하게도 원래의 갈등 구조를 답습하기 마련이다. 며느리의 승리라고 하긴 했지만, 장기적으로 진정한 승리라고 보기도 어려운 이유이다.

올케와 사이가 안 좋던 친정엄마도 올케가 아이를 낳자 다시 연락을 하게 되었고, 은근슬쩍 둘의 관계는 회복되었다. 서로의 필요에 의한 것이기도 했고, 서로의 반성을 기반으로 한 것이기도 한 애매한 관계 회복이지만, 사실은 언제 다시 예전의 갈등이 불거질지는 알 수 없는 노릇이다.

시어머니들은 왜 백기를 드는 걸까. 며느리 없으면 세상이 어떻게 되기에 어른의 자존심을 굽히는 걸까.

세상 전부인 아들을 결국 웃게 할 사람도 며느리, 아들을 덜 힘들게 만들 사람도 며느리, 세상 존귀한 존재인 손주의 하나뿐인 엄마도 며느리라는 사실을 결국 깨달아서가 아닐까. 그걸 조금만 더 일찍 깨달았다면 얼마나 좋았을까. 아무도 눈물 흘리지 않고, 언성 높이지 않고, 자연스럽게 새로운 가족이 생겼을 텐데.

이미 갈등을 겪고 있는, 혹은 겪을지도 모를 며느리들도 시부모를 그저 어려운 어른이라 여겨서 "네네." 하며 스트레스 받지 말고, 보살펴야 할 '네 살 아이'라고 생각하면 좀 더 쉬워질까? 네 살 아이에게 소중해 마지않는 애착 인형이 있다고 생각해보자. 그 인형을 갑자기 나타난 사람이 채 가버렸다. 아이는 당연히 화가 나서 떼를 쓰고 울어댈 것이다. 시어머니는 그 네 살 아이이고 며느리는 인형을 가져가버린 사람이다. 뺏겼다고 생각하는 사람 입장에서는 울고 투정 부리는 것이 당연한 건지도 모른다.

그런데 여기에 오류가 있다. '뺏는다'란 단어가 그렇다. 며느리는 아들을 '뺏어간 사람'이 아니다. 이제 인형 뺏긴 아이마냥 화가 나서 심술부리는 모든 시어머니에게 진실을 말해야 할 타이밍이다.

"어머니! 제가 뺏어간 게 아니에요. 어머니 아들이 저를 택한 거라구요! 원하시면 언제든 제 남편이 아니라 어머니의 아들로 돌려드리겠어요. 하지만 명심하세요. 그건 아들이 불행해지길 바라시는 게 될 거예요."

Chapter 4

부부의 행복이 먼저

돌팔이 점괘

◇

아무리 '화성에서 온 남자, 금성에서 온 여자'라지만, 사랑에 눈멀어 평생 함께하고자 결혼했으면 어느 정도는 통해야 부부 사이라 할 수 있지 않을까?

그날은 오전에 어머니에게서 걸려온 전화 한 통으로 종일 속이 상해 있었다. 한동안 잠잠하다 했더니 어머니 특유의 사람을 살살 긁는 화법에 홱 눈이 돌아버렸다. 이번에도 둘째 안 낳을 거냐는 내용이었다.

어딜 가서 점을 보셨는데 내가 둘째를 안 낳으면 남편이 밖에서 둘째를 만들어 올 거라는, 기가 차고 코가 차는 돌팔이의 점괘였다. 그래서 결국은 이혼을 하게 될 거란 말도 덧붙이셨다. 이런 말을 도대체 내가 왜 듣고 있어야 하는지 화가 치밀었다. 그동안 시어머니가 아무리 속을 긁는 말을 해도 대부분 잘 참고 넘겼지만 이번만은 시어머니고 뭐고 눈에 보이지 않았다.

결국 나도 한마디 내뱉고 전화를 끊어버렸다.

"누가 어머니한테 아버님이 밖에서 애 낳아 올 거라고 하면 좋으시겠어요?"

하지만 화는 도통 가라앉질 않았다.

퇴근한 남편을 붙잡고 쏟아부었다. 낮에 이미 문자로 상황 설명을 했고 너무 속상했노라 말한 뒤였기에, 퇴근해 얼굴을 보면 더 따뜻하게 위로해줄 것을 기대하면서 말이다.

예상은 빗나갔다. 남편은 미안한 기색보다는 오히려 의기양양한 태도였다.

"내가 낮에 엄마한테 전화해서 한마디 했어. 왜 애 엄마한테 그런 말을 하냐고 얘기했으니까 다시는 그런 일 없을 거야."

이 사람아! 우리 이미 결혼 6년 차, 어머니와 갈등이 생겨 내가 울고 힘들 때마다 줄기차게 부탁했던 단 한 가지 주문을 아직도 숙지하지 못한 건가.

나의 슬픔과 화를 대신해 어머니에게 큰소리를 내는 게 결코 해결법이 아니라고, 오히려 갈등을 더 크게 만들 뿐이라고 그렇게 말했건만 왜 그대는 그것을 해결이랍시고 상의도 없이 저질러버리는 것인가.

남자는 문제가 생기면 해결을 해야 한다는 의무감이 먼저 생기고, 여자는 속상한 마음에 공감해주길 바라는 마음이 먼저라고 한다. 고부 관계에서 언제나 약자일 수밖에 없는 아내의 마음을 위로하고 싶다면, 진짜 아내가 원하는 것이 무엇인지 한 번만 더 돌아봐주면 좋겠다. 그건 SNS 글에 '좋아요'나 하트를 누르는 것만큼이나 쉬운 일이다.

"당신 엄청 속상했겠다. 내가 대신 미안해. 우리 어머니 때문에 속상한 만큼 내가 더 잘할게."라는 한 마디.

한 사람을 세트로 받아들이는 것

◇

남편은 술 마시고 나면 꼭 시원하고 새콤한 과일 같은 걸 찾는다. 평소 같으면 애교스럽게 과일을 요청하거나 직접 가져다 먹을 텐데, 술에 취해 집에 돌아오면 다른 사람이 되곤 한다.

회식 자리의 음식 냄새가 밴 옷을 아무렇게나 벗어 던져놓고 "오렌지 좀 가져와!"라고 명령하듯 말한다든지, 평소와 다르게 "네가 뭘 알아." 하는 식의 묘한 시비조로 변해버린다. 내 기분이 좋을 때는 '이 사람이 회사에서 힘들었구나.' 하며 이해해주려 하지만, 제발 그만하라는데도 계속 같은 행동을 할 때는 나도 화를 내게 된다. 그러면 또 남편은 "네가 언제 한 번이라도 나 우쭈쭈 오구오구~ 해준 적이나 있냐? 날 사랑하긴 하냐! 넌 나랑 왜 결혼했냐?" 하는 식의 레퍼토리를 시작하고, 결국 다툼으로 이어져 둘 중 한 명은 소파에서 자기에 이른다.

술에 취하면 평소와 전혀 다른 성격을 보이는 게 너무 싫고 실망스럽기도 해서 많이 다투었다. 다행히 폭력적인 성향을 보이지는 않지만 묘하게 권위적이 되고, 시비조가 되고, 가부장적인 모습을 보인다. 결혼하고 그런 모습들을 처음 접했을 때는 '저것이 저 사람이 억누르고 있던 무의식 속의 본모습인가?' 싶어 더 실망스러웠고, 그 모습이 싫어 남편이 취할 때까지 술을 마시면 나도 신경이 곤두서 있곤 했다.

다행히 다음 날 술이 깨면 완전히 본모습으로 돌아오는데 전날 일을 80퍼센트 정도는 기억을 못 한다. 내가 화나 있는 것을 보고 또 자신이 그런 모습을 보였다는 걸 짐작만 할 뿐이다. 먼저 다가와 다정하게 미안하다고 사과하거나 다시는 안 그러겠다고 다짐하는 것으로 화를 풀어주려 노력도 한다.

내가 좋아하는 시 중에 정현종 시인의 〈방문객〉이 있다. 이 시에 한 사람이 온다는 건 그 사람의 과거와 현재와 미래, 즉 한 사람의 일생이 오는 것이란 구절이 나오는데 처음 이 구절을 읽고 머리를 한 대 맞은 듯 강한 울림을 받았기 때문이다. 연애와는 달리 계속 같이 부대끼며 사는 결혼을 하고 보니, 연애 시절엔 절대 알 수 없었던 남편의 단점도 알게 되고, 이 사람에게 딸려서 내게 온 다른 것들도 너무 많다는 걸 알게 되었다.

취중 저 모습이 실은 그의 본모습은 아닐까, 내가 결혼을 잘못한 것은 아닐까, 평소의 다정한 모습이 오히려 가짜였거나 평소에 나한테 맞춰주느라 본성을 억누르고 사는 걸까, 나의 사랑 표현이 부족했던 걸까, 오만 가지 생각이 다 들었던 것이 신혼 때의 내 모습이라면, 결혼 6년 차인 요즈음은 여전히 화가 치밀기는 해도 술 마시면 성격이 변하는 저 모습까지도 그 사람이라고 생각하게 되었다. 골치 아프게 무의식이고 본성이고 그런 것 따지지 않고, 한 사람의 모든 장점, 단점, 습관, 그 사람의 꿈, 세계관, 하물며 방귀 냄새까지 세트로 온전히 받아들이려고 노력하고 있다는 말이다.

물론 말처럼 쉬운 일은 아니다. 그런 모습을 보아도 화가 나지 않고 세트 획득이 가능해지는 날이 온다면, 그 시점의 나는 부처나 성모 마리아가 되었거나 혹은 진정으로 행복한 결혼 생활로 여생을 보내는 중일 거라 생각한다.

남편과의 결혼 생활에 대한 이런 고찰은 결국 사람에 대한 고찰, 친구에 대한 고찰, 그리고 시어머니에 대한 고찰로 이어지곤 한다.

시어머니가 나에게 준 상처는 남편이 준 상처에 비할 바가 못 되게 엄청나게 커서 시어머니라는 한 사람을 세트로 받아들이는 날이 만약 온다면, 사람들은 나를 정말로 성모 마리아로 모셔야 할지도 모르겠다. 이 책에 등장하는 그녀의 막말과 각종 에피소드는 내가 겪은 것 중 극히 일부일 뿐이니까.

하지만 노력은 해보려고 한다. 시어머니의 지난 모든 잘못을 단숨에 용서하겠다는 말이 아니라 (그것이 가능하지도 않지만), 한 인간으로서의 그녀를 이해하기 위해 여러모로 접근해본다면 시어머니의 행동에 대한 물음표를 어느 정도는 풀 수 있지 않을까 생각해본다.

이유를 알았다고 피해 가거나 애교를 피우며 비위를 맞추고 들어갈 요량은 아니다. 나는 그저 언젠가는 시어머니와 나도 서로 정말로 허심탄회하게 소주 한잔할 수 있기를 바랄 뿐이다. 상처받을까 봐 몸 사리고 마음 사리고 말도 사리는 내가 아니라, 진정한 내 모습을 그분 앞에 내보이면서도 '미움받을 용기'로 당당하게 살고, 그분 또한 그런 내 모습을 보며 지난 행동에 대한 미안함을 느끼기라도 한다면 그것으로 충분하겠다.

당연한 것은 없다

세상에 당연한 듯 이뤄지는 일은 아무것도 없다. 출근길 우리가 깨끗한 길을 걸을 수 있는 것은 누군가 새벽부터 열심히 비질한 덕분이고, 마트에서 손쉽게 이국의 열대 과일을 사 먹을 수 있는 것도 누군가의 수고로 이루어진 것들이다. 우리는 모두 세금을 내든 비용을 내든 이런 것들을 누릴 때 대가를 지불한다.

돈을 낼 때는 돈을 낸 만큼 권리를 누리는 것이 당연하다고 여기면서, 또는 고객은 왕이라는 명목으로 진상 고객으로의 변화도 불사하면서, 왜 그동안 자신이 당연하다는 듯 누려온 것들에 누군가의 희생이 들어 있다는 생각은 못 하는 걸까?

명절에 가족들이 하하 호호 웃으며 둘러앉아 과일을 먹을 때 누군가는 전날 온종일 노동에 시달리고도 대화에 끼지 못하고 이도저도 아닌 표정으로 앉아 있기도 하고, 당연한 듯 정갈하게 차려져 있는 제사상 앞에서 남자들이 절을 할 때 온종일 제사 음식을 만든 여자들은 뒤에 멀뚱히 서 있곤 한다. 제사가 끝나면 빨리 상 치우고 조금이라도 쉬기를 바라면서.

맏며느리로 살면서 30년 넘게 시할아버지와 시할머니의 제사를 모신 엄마는 할아버지, 아빠, 삼촌, 남동생이 절을 올릴 때 늘 뒤로 물러나 있었다. 정작 온종일 전을 부치고 나물을 무치고 종종걸음을 친 사람은 증조할아버지를 단 한 번도 뵌 적 없는 엄마와 작은엄마였다.

남자는 제사를 지내고 여자는 음식을 하고, 명절에는 당연히 시가에 먼저 가고, 여자는 결혼하면 출가외인이고… 이런 것들은 모두 구시대의 좋지 못한 유산이다.

당연한 것은 없다. 누군가 즐겁고 편안한 동안 다른 누군가가 힘들고 괴롭다면 그것은 잘못된 것이고 더는 지켜나갈 필요가 없는 악습이다.

죽은 사람에게 밥을 차려준다는 제사라는 전통도 점차 없어지길 바란다. 조부모님과 부모님 정도 자신과 직접 관련 있는 분들의 기일에 그분들을 기리는 작은 의식 정도면 족한데, 굳이 일생을 상관없이 살아온 며느리들에게 매해 제사상 차리는 노동을 전가하는 일은 매우 불합리하다.

명절 즈음에 누군가 인터넷에 쓴 웃기지만 슬픈, '웃픈' 댓글이 기억에 남는다.

"서양 귀신들은 밥 안 차려줘도 자손들 잘만 보살펴준다던데, 왜 조선 귀신들은 밥 안 해주면 후손들한테 해를 끼친다는 건지."

당신의 결혼 생활이 중요하고, 아내가 소중하다면 한 번쯤은 되돌아보면 좋겠다. 내가 당연히 누리는 것들, 내 부모님이 내 아내에게 당연히 기대하는 것들이 아내의 눈물을 담보로 한 것은 아닌지.

내 인생의 여주인공

◇

장안의 화제였던 TV 드라마 〈동백꽃 필 무렵〉엔 모지리 바보 아저씨 하나가 등장한다. 능력은 없지만 돈 많은 엄마 덕에 동네 유지입네 하고 다니는, 어쩌다 똑똑한 변호사 자영과 결혼한 빈틈 많은 남자 노규태이다. 그는 순간의 잘못으로 이혼 위기에 처하는데 그 과정에서 엄마가 시시콜콜 간섭하고 이혼을 부추긴다. 결국 노규태는 뼈저리게 후회하며 반성의 피눈물을 흘리고, 이혼 도장 찍는 법정에까지 따라온 엄마에게 외친다.

"엄마가 뭔데! 엄마가 내 인생의 여주인공이야?! 자영이가 여주야 자영이가! 나 내 인생 사는 거 보고 싶으면 엄만 이제 조연으로 좀 빠지라고!"

나는 이 장면을 보며 수많은 남편들이 주목해야 할 대사라고 생각했다.

결혼 생활의 주인공은 단 두 사람이다. 그 누구의 개입도 있어선

안 된다. 설사 가족이라 할지라도. 부모님은 나를 낳아주고 키워주신, 감사하고 또 감사한 존재이지만 결혼하면서는 그분들에게서 독립해야 한다. 이제부터 내가 같이 살아갈 사람은 내 아내이다.

로맨스 영화에 고부 갈등이 존재하던가? 남자와 여자가 결혼하면서 검은 머리 파뿌리 될 때까지 쭉 로맨스 영화만 찍으면 아무런 문제도 없을 것이다. 아이는 서로 사랑하고 배려하는 부모 밑에서 아무런 엇나감 없이 행복하고 자존감 높은 아이로 자랄 것이고, 서로 사이좋은 아들 부부, 딸 부부를 억지로 싸우게 만들 시부모, 장인 장모만 없다면 로맨스로 시작한 영화가 비극으로 끝나거나, 심지어 장르를 변경하여 호러 영화로 끝날 가능성은 줄어든다.

노규태처럼 이 명백한 사실을 너무 늦게 깨달으면 이혼으로 결혼 생활이 끝나기 십상이다. 나도 고부 갈등이 더 이상 우리 결혼 생활에 끼어들지 못하게 하려고 결심했다. 시어머니가 내게 과한 부담을 주거나, 내가 해결할 수 없는 일을 요구하거나, 나를 불행하게 하거나, 내 결혼 생활을 불행하게 만들도록 내버려두지 않을 것이다. 그렇게 나와 내 가정을 스스로 지킬 것이다. 그것은 나의 행복을 위해 내가 스스로 선택한 일이다. 남편도 정말 중요한 것이 무엇인지 점차 알아가는 중이다. 나는 내 삶을 스스로 주도적으로 살 권리가 있고, 내 행복과 내 꿈과 내 일상생활이 제삼자로 인해 망쳐지지 않게 할 의무가 있다. 나의 자존감과 행복은 내 소중한 딸아이의 행복과도 직결되기 때문이다.

행복의 방정식은 의외로 명료하고 간단하다. 타인에게 피해를 주지 않는 한도 내에서 내가 가장 행복한 일을 찾아, 내 삶을 내가 살아가면 된다. 이 쉬운 진리를 몇 년 만에야 돌고 돌아 알게 되었으니 앞으로 살아갈 몇십 년 동안 잘 지키는 일만 남았다.

이상한 나라의 앨리스

◇

즐겨 보는 웹툰 중 다온 작가님의 〈땅 보고 걷는 아이〉란 작품이 있다. 부모의 폭력과 정서적 학대, 이혼 후 이어진 할머니 할아버지의 정서적 학대, 아들딸 차별 때문에 평범한 여자아이가 서서히 주눅 들어가고, 정신적으로 망가져가는 모습을 보여주는 웹툰이다.

아이의 엄마는 폭력을 일삼다 바람까지 피우는 남편과 이혼한 뒤 남매를 데리고 친정에 가서 산다. 그녀는 딸 '겨울'에게 이혼 후의 고된 삶에 대해 "너희들을 낳지 말았어야 했어."라며 불평하고, 그 와중에도 아들인 '여름'만 편애한다. 주변 어른들 역시 그런 겨울이를 위로하기보다는 오히려 힘든 엄마를 이해하라고만 말한다.

겨울이는 그런 세상 속에서 자신이 '이상한 나라의 앨리스'가 된 기분이라고 표현했다. 혼자만 이해할 수 없는 '이상한 나라'에 사는 동화 속 주인공 '앨리스'를 자신에게 빗댄 것이다.

겨울이의 엄마는 이혼할 때 시누이가 "내 딸이 잘되나, 겨울이가 잘되나 두고 보자."라고 했다며, 꼭 좋은 대학에 가라고 겨울이에게 부담감과 죄책감을 심어준다. "너 좋은 대학 가라고 이렇게 뼈 빠지게 일하며, 친정 부모 눈치 보며 얹혀사는 거잖아."라고 말이다.

이 웹툰은 부모와 조부모의 학대와 그것이 한 여린 영혼에 끼치는 해악을 낱낱이, 그러나 매우 공감되고 슬프게 그려낸다.

웹툰을 보며 내가 느낀 것은 두 가지이다. 하나는 '이상한 나라의 앨리스'라는 겨울이의 느낌에 공감한 것이고, 다른 하나는 부모의 정신 상태가 아이에게 미치는 영향에 관한 것이다.

나도 고부 갈등 때문에 힘들다고 하소연하면 비슷한 반응을 돌려받는다. 지인들은 대부분 "그래도 너희 시부모님은 재산이 많잖아. 어차피 다 너희들 몫 될 거니까 참아."라고 한다.

남편도 예외가 아니다.

"우리는 부모님께 물려받을 게 많으니까 참아야 해. 원하시는 거 하나뿐이잖아. 자주 연락하는 거. 그것만 하면 되잖아."

나를 진심으로, 가슴 깊이 이해해주는 사람은 없었다. 심지어 친정 부모님마저 그랬다. 자신의 삶이 아니니 그렇게 말할 수밖에 없었을 것이다.

반대로 나 또한 친정엄마나 남편, 친구들의 고민을 들어주고 위로해줄 수는 있을지언정, 그들의 마음 깊은 곳까지 공감하고 이해해주지는 못할 것이다. 다들 각자의 사정이 있고, 각자의 삶의 고통과 고민이 있으니 어쩔 수 없는 것이겠지.

그러고 보면 우리는 모두 각자의 '이상한 나라'에 사는 수많은 앨리스인지도 모른다. 우주라는 공간에 막혀 영원히 서로 만날 수 없지만, 이웃으로 살아가는 각각의 별인지도 모른다.

아이를 정서적으로 학대한 겨울이 부모 또한 그들 부모에게 똑같이 학대받아온 피해자들일 수도 있다. 겨울이가 부모와 조부모에게 상처받으면서 점점 깊은 동굴 속으로 기어 들어가는 아이가 되었듯이, 그들도 어린 시절 그런 과정을 거쳤을지도 모를 일이다. 그렇다고 해서 학대가 절대 정당화되지는 않지만 말이다.

고부 갈등으로 우울증을 겪거나 극한 경우 이혼까지 하게 되면, 그 과정에서 아이 또한 어떤 식으로든 상처를 받게 될 것이다. 엄마가 할머니를 미워하는 모습을 보며 따라 하게 되거나, 그런 미움을 당연한 것으로 체화할지도 모르고, 이혼 후 조부모와 연락이나 왕래가 끊기면 아이 입장에서는 '나를 조건 없이 사랑해줄 사람들'을 잃게 된다.

내 사랑하는 아이를 '땅 보고 걷는 아이'로 만들지 않기 위해서라도, 사랑해서 결혼했음에도 제삼자로 인해 이혼까지 가지 않기 위해서라도, 고부 갈등의 당사자들은 모두 노력해야 한다. 이 세상에 눈물 흘리는 며느리들이 더 이상 존재하지 않도록 말이다.

말대꾸의 스킬

◇

남편들이 싫어하는 아내의 행동 중 하나가 맘 카페 글들 보며 공감하고, 글 올리고 댓글 다는 일이라고 한다. 게시판의 특성상 시가나 남편 욕이 주를 이루는 걸 알기 때문이다.

하지만 어쩌랴! 남편은 남의 편이라고, 공감 능력 제로의 마마보이가 결혼 후 뒤늦게 효자 코스프레라도 하는 중이면 누가 날 이해해주리. 친구들에게 구구절절 시가 욕, 시어머니 욕하는 것도 하루 이틀이지, 그래봐야 결국 사랑 못 받는 며느리 인증하는 것 같아, 차라리 익명의 동지들에게 털어놓고 서로 위로 좀 해주겠다는데 참 별꼴이다.

나도 한창 시어머니의 막말에 힘들 때 자주 인터넷 고부 갈등 글을 읽으며 위안받곤 했다.

'아, 우리 어머니만 그런 건 아니구나. 아직 조선시대에서 온 시부모 둔 며느리도 많고, 나같이 막말에 고통받는 며느리도 많구나. 그래도 우리 남편은 보통은 되네.'

이렇게 생각하면서 자위(?)하겠다는데 누가 말릴 거냔 말이다.

인터넷 글들 중 95퍼센트는 신세 한탄이지만 아주 간혹 사이다 글이 올라오기도 한다. 그중 재밌었던 것은 어떤 며느리가 올린 '시어머니 말대꾸 시리즈'였다. 그녀의 글은 재밌어 죽겠다는 읽은 이들의 많은 공감과 수많은 댓글로 핫한 글이 되었고 시리즈로 연재되기도 했다.

그녀는 참 현명한 며느리로 시어머니의 상처 주는 막말에 교묘하게 한 방 먹이는 방법을 사용했다. 그 전략은 시어머니에게 말대답할 때 시어머니 칭찬 70퍼센트, 말대꾸 30퍼센트를 섞거나, 칭찬 70퍼센트를 남편에게 수시로 구사하는 것이다.

시어머니가 "옛날 같았으면 아들 못 낳은 며느리는 벌써 소박맞았다."라고 하면 "어머니, 아기 성별 결정하는 건 남자 정자예요. 그럼 남편하고 아주버님이 소박맞아야겠네요?"라고 대답하거나, "요즘엔 딸 낳으면 비행기 타고, 아들 낳음 리어카 탄대요."라고 대답하는 식이다.

또는 시어머니가 누가 보아도 살찐 아들을 보며 얼굴이 까칠하다고 잘 먹이라고 며느리에게 잔소리하면 "어머니 웃긴 이야기 해드릴게요. 두 끼 먹으면 두식이, 세끼 먹으면 삼식이, 종종 간식도 먹고 세끼 다 먹으면 종간나 새끼래요."라고 농담조로 답하는 것이다.

간혹 남편이 엄마한테 말대꾸 좀 그만하라고 하면, "어머, 어머니 귀여우시잖아. 귀여우면 괴롭히고 싶은 심리랄까? 난 어머님이 진짜 좋아서 장난치는 거야~" 하고 넘어가면 남편도 속아 넘어간다는 것이다. 뻥인데.

이 시리즈를 보며 얼마나 속이 시원해지며 웃기던지.

그녀가 이렇게 자연스럽게 말대꾸할 수 있게 된 것은 '미움받을 용기' 덕분이라고 했다. '착한 며느리 병'을 내려놓고, 시어머니가 늘 똑같은 레퍼토리로 반복되는 잔소리를 하면, 최대한 밝게 아무 일도 아니라는 듯이 툭 던지듯 말대꾸하는 연습을 하라는 것이다. 하다 보면 자연스럽게 된다고.

포인트는 동시에 남편에게는 최대한 귀엽게 시어머니 칭찬을 계속하는 것이란다. 시어머니가 남편에게 며느리 말대꾸에 대해 욕해도, 남편은 남자라 단순하므로 아내가 시킨 대로 귀여워서 그러는 거라고, 시어머니 말문 막히게 할 수 있도록 말이다.

이 지능적인 고부 갈등 대처법을 보고 처음에는 신나게 웃으며 대리 만족하다가, 치밀하게 전략을 구사하는 며느리의 모습이 하루아침에 만들어지지 않았을 걸 떠올리니 다시금 서글퍼졌다. 어느 사위가 장인, 장모에게 대처하기 위해 이런 치밀한 전략을 세우겠느냐 말이다.

장기적이고 본질적인 대처법은 아니지만 현명한 그녀의 말재간이 순간이라도 고부 갈등에 지친 많은 며느리에게 사이다 한 잔을 안겨주었기를 바랄 뿐이다.

남편의 가치

◇

사랑에 계산이 들어가도 될까? 누구나 한 번쯤은 생각해본 문제일 것이다. 불같이 사랑해서 결혼했어도 불같이 싸우다 갈라서기도 하고, 결혼 적령기가 되어 선봐서 조건 보고 결혼해도 알콩달콩 잘 살기도 하는 게 결혼이다.

연애할 때는 꼭 계산적일 필요가 없다. 연애만 하고 결혼 생각은 없다면 서로만 좋으면 되니 무엇이 문제 되겠는가.

누군가 나에게 남편을 사랑하느냐고 물으면, 물론 사랑했으니 결혼했고 어느 정도 조건과 타이밍도 맞았으니 결혼했다고 대답하곤 한다. 어른들이 말씀하시길 결혼은 집안 대 집안의 만남이라고 한다. 사람도 중요하지만 서로의 집안 형편도 어느 정도 맞아야 하고, 어느 정도 조건도 맞아야 하고, 시부모 또는 장인 장모 될 서로의 부모님도 중요하다는 뜻일 거다. 하지만 정말 딱하게도 상대방의 부모님은 결혼하고 직접 겪어보지 않는 이상 어떤 사람인지 속속들이 알기가 어렵다.

사랑하는 남자친구가 남편이 되었다가 '남의 편'으로 변신하는 데 걸리는 시간은 얼마일까? 나는 시어머니의 막말로 마음을 다칠 때마다 남편의 가치에 대해서 생각했다.

결혼하기 전 상대방의 경제적 능력, 직업, 집안, 학력 등을 조건으로 따진다면 결혼 후 최고의 남편으로서의 조건은 그가 시부모님의 공격에서 얼마나 아내를 보호해주고 아내 편이 되어주고 다정히 위로해줄 수 있는가가 될 것이다.

내가 겪어보니 그렇다. 남편이 그 능력을 많이 보유하고 있는 남자라면 아내는 비교적 무탈하고 행복한 결혼 생활을 이어나갈 수 있을 것이고, 반대의 경우라면 결혼 생활이 파탄에 이르는 데 그리 오랜 시간이 걸리지 않을 것이다.

남편과 나도 둘이서만 있을 때는 사이가 좋은 편인데, 가끔 싸우는 일이 생기면 어김없이 시가와 관련된 일 때문이다. 그럴 때면 나는 남편과 나 사이에 아무 문제가 없음에도 이혼을 생각하게 된다. 나는 남편이 좋아 같이 행복하게 살려고 결혼한 것이지 시부모에게 스트레스와 상처를 받기 위해 결혼한 것이 아니기 때문이다. 아무리 배우자의 부모님이라고 해도 시부모는 아들과 며느리의 결혼 생활에서는 제삼자이고, 이 제삼자 때문에 결혼이 깨진다면 얼마나 슬픈 일인가.

부모님과 아내가 고부 갈등을 겪고 있는 남편이라면 이 지점을 한번 생각해보면 좋겠다. 나는 누구랑 결혼한 것인지. 결혼하며 맹세했던 '행복하게 해주겠노라'던 말은 지금 어떻게 얼룩져 있는지. 내 아이의 엄마가 되어준 사람, 죽을 때까지 내 옆에 있어줄 사람이 누구인지를 말이다.

부모님에게 효도하지 말라는 말이 아니다. 효도는 스스로 하면 된다. 결혼했다고 해서 아내에게 대리 효도를 바라면 부부간에 불화만 일으킬 뿐이다.

부모님이 불효막심한 놈이라고 화내신다면 그건 결혼 전부터 내가 그런 무심한 아들은 아니었는지 되돌아볼 일이다. 불효가 결혼 후 갑자기 시작된 일은 아닐 것이다. 시부모 역시 평생 아들이 해주지 않던 일을 며느리에게 바란다면 아들 부부의 불행을 바라는 일밖에 되지 않을 것이다.

나는 오늘도 생각한다. 내 남편의 가치를. 당신이 나와 이혼하지 않고 검은 머리 파뿌리 될 때까지 살고 싶다면 당신의 가치를 입증해야 할 것이라고. 당신의 가치는 연봉 1억을 받을 때 입증되는 것도 아니고, 결혼기념일마다 다이아몬드 반지를 사 준다고 입증되는 것도 아니다.

남편의 가치는 오로지 아내를 위한 변함없는 다정함과 사랑의 능력을 보여줄 때 입증된다. 그것은 특히 남편이 얼마나 현명하게 고부 갈등에 대처하는가에 달려 있다.

고마워,
자기야...

고마워, 여보…
살면서 더욱더!

체온과 자립심

◇

딸아이는 수면 교육에 성공해 8개월 무렵부터 자기 방에서 혼자 잠들었다. 다른 아이들처럼 잠들 때까지 한 시간이고 두 시간이고 책을 읽어주거나 놀아주거나 옆에 누워 있지 않아도 되니 너무 좋고, 부부만의 안방을 되찾으니 부부 사이도 더 좋아졌다.

한 가지 문제가 있다면, 안방보다 현관과 가깝고 웃풍이 있는 데다 다른 사람의 체온 없이 혼자 자다 보니, 아이 방이 훨씬 춥다는 점이었다. 미안하지만 문풍지를 붙여주거나 잠들 때까지 난로를 켜주는 방법 외에는 도리가 없었다. 수면 교육은 중간에 과거의 수면 습관으로 퇴행하거나, 한두 번 "나도 엄마와 같이 자고 싶어."라는 앙증맞고 사랑스러운 부탁을 들어주다 보면 단숨에 무너지기 마련이다. 무너진 수면 습관을 다시 바로잡기 위해서는 처음 공들였을 때보다 훨씬 많은 눈물과 시간이 필요해진다.

아이는 주변 또래 중 누구도 해내지 못한 걸 3주 만에 해냈다. 아이가 엄마의 진심을 믿고 잘 따라와주었고, 나도 결국은 될 거라는 믿음이 있어 가능했다고 생각한다. 주변의 친구들은 혼자서도 잘

자는 딸아이를 보고 '동화 같은 아이'라고 부르며 부러워한다. 간혹 여행이나 친가·외가에 가서 무조건 같이 잘 수밖에 없는 상황을 제외하고는 한결같이 자기 방에서 잠들고 있다.

내가 무엇보다 수면 교육을 중시하고 관철한 이유는 내가 예민한 잠 습관 때문에 평생을 고생했기 때문에 딸에게는 '질 좋은 잠'을 선물해주고 싶어서였다. 어려서부터 좋은 습관을 들여 평생 '꿀잠'의 행복을 주고 싶었다.

간혹 옆에 누가 있으면 못 잔다든지, 반대로 아무도 없으면 못 잔다든지, 시계 소리가 나면 못 잔다든지 등등 예민한 수면 습관을 지닌 사람들이 있다. 나는 잠자리가 바뀌면 거의 잘 못 자는 편이어서 평생 수학여행, 엠티, 여행을 갈 때마다 다음 날은 좀비처럼 보내곤 했다. 삶이 우울하던 시기에는 수면 보조제를 복용하기도 했다.

수면 교육은 엄마와의 애착 형성이냐, 질 좋은 수면이냐를 두고 양쪽의 의견이 팽팽히 대립한다. 하지만 지나고 보니 나는 아이와 나의 애착 형성에도 전혀 문제가 없고, 잠을 잘 자니 낮 동안 집중할 수 있고, 아이 또한 더 뛰어난 학습 효과를 보여주는 것 같아 서로에게 윈윈이었다고 생각한다. '엄마의 체온'이냐, '자립심'과 '밤/낮의 확실한 구분을 통한 선택과 집중'이냐에서 나는 후자를 택한 것이다.

나는 평생을 의존적으로 살아왔다. 부산이 큰 도시이긴 하지만, 서울과 너무 멀리 떨어져 있는 곳에서 거의 평생을 살았고, 성향상 변화를 두려워했다. 숫기가 없어 반장 선거에 나가라고 누가 떠밀기라도 하면 그 친구가 정말 미웠고, 학년이 바뀔 때마다 한동안 따라올 어색함이 정말 싫었던 기억이 난다.

대학도 안정적으로 고향의 등록금 싼 국립대학교로 진학했고, 대학 시절 해외 교환학생이나 어학연수를 아무렇지 않게 다녀오는 친구들을 보며 묘한 열등감을 느꼈다. 나는 부모님 없이, 내가 나고 자란 곳이 아닌 낯선 곳에서 다른 언어를 쓰며 혼자 힘으로 무언가 배울 생각을 거의 해보지도 못했기 때문이다.

내가 '체온' 대신 '자립심을 키울 용기'를 택하게 된 것은, 갑자기 어느 날 깨닫거나 각성했다기보다 부산을 떠나 서울로 이직하면서부터 시작된, 역마살 넘치고 변화무쌍했던 삶에서 저절로 체득한 것이다.

이렇게 사람은 어느 날 갑자기, 정신 차려보니 이미 유부녀나 아이 엄마가 되어 있다거나, 런던에 있다가 연고도 없는 대전에 살고 있다거나, 평생 간직해온 작가의 꿈을 이룰 기회를 우연히 본 SNS의 포스팅에서 발견하게 되기도 하는 것이다. 나를 너무나도 힘들게 하셨지만, 작가라는 평생의 꿈을 이루게 해준 분이 시어머니라니! 이런 아이러니가 바로 인생이다.

내가 당장 내일 네 쌍둥이를 임신하거나 로또에 당첨될 확률은 희박하겠지만, 만에 하나 그런 일이 일어난다고 해도 삶은 그저 조금 다른 방향으로 계속해서 흘러갈 뿐이다. 그래서 이 글을 읽어주실 미래의 독자에게 용기 있게, 그러나 부드럽게, 평생을 뒤에서 모르게 지켜봐준 키다리 아저씨처럼 한마디만 해드리고 싶다.

지금 하시는 그게 무엇이든 잘하고 있어요.
그저 멈추지 말고 나아가세요.
앞이든 옆이든 대각선이든, 방향은 중요하지 않아요.
가족에게 부끄럽지 않은 일이라면 그게 어떤 방향이든,
어떤 일이든, 얼마의 돈을 버는 일이든 아니든,
언제고 나의 행복을 위하는 길이 될 거예요.
그게 아니더라도 상관없어요.
지금 이 순간 행복하다면 그것으로 이미 100퍼센트,
시간을 들일 가치가 있는 일이니까요.

자아 존중감

◇

지난 6개월간 이 글을 쓰면서, 종종 지인들에게 원고를 보여주었다. 내 글 초고의 첫 번째 독자로서 그들이 처음 보인 반응은 글 자체에 대한 것이 아니었다. 내가 기대한 것은 당연히 "어머, 글 잘 썼네. 잘 읽힌다." 하는 거나 "이런이런 내용은 좀 보강하면 어떨까?" 하는 식의 조언이었는데, 그들이 처음 내뱉는 말은 "네가 이렇게 힘든지 몰랐어. 마음고생 많이 했겠다."였다.

처음에는 그 반응이 실망스러웠다. 나는 초보 작가로서 내 글에 대한 평가를 받고 싶었다. 그렇지만 곱씹을수록 그 첫인상 같은 '위로의 한 줄 평'이 내 글에 대한 최고의 칭찬이라고 생각하게 되었다. 내 아픔과 상처에 대해 마음 깊이 공감하고 위로해준다는 것 자체가 내가 좋은 글을 썼다는 뜻이라고 생각하게 되었기 때문이다.

또 어떤 분은 내 글들을 보며 "이런 일들을 겪고도 우울증에 빠지지 않은 것이 대단해 보일 정도예요."라고 해주셨다. 그 말을 들었을 때 처음 든 생각은 '응? 이 정도로 우울증에 걸려 정신과 상담을 받거나 약을 먹는 사람이 있나?'였다.

시어머니와 울며불며 대판 싸울 때 "저 어머니 때문에 너무 가슴에 상처가 쌓여서 내일 정신과 상담받으려고 했어요."라고 공격적으로 내뱉은 적은 있지만, 남편에게 내 고통에 공감해달라는 의미로 비슷한 말을 한 적은 있지만, 정말로 내가 격렬하게 시어머니 때문에 우울하다든지, 정신과에 상담을 받으러 가봐야겠다는 생각을 해본 적은 없기 때문이다.

나는 나에 대한 깊은 자아 존중감과 자기 잠재력이나 능력에 대한 확신이 있는 사람이다. 10년 넘게 매해 다이어리에 정성스럽게 기록하고 있는데, 그 10년 치 다이어리를 쌓아 올린 사진을 SNS에 올렸을 때, 나와 약간의 친분만 있는 언니가 이렇게 평한 적이 있다. '○○은 역시 자기만의 예쁜 세상을 지켜내 가는 사람'이라고. 그 한마디가 나를 알아봐주는 것 같아서 그렇게 기분이 좋을 수가 없었다.

내가 삶에서 중요하게 여기는 가치, 내 사람, 내 꿈, 이런 것들은 어떤 것과도 바꿀 수 없고, 어떤 불행한 상황이 나에게 닥쳐도 결코 포기할 수 없는 내 삶의 1순위들이다. 그런 내 안의 중요한 것들이 모여 내 행동으로 표출되고, 내 글에 녹아나고, 육아나 부부 생활에도 드러나게 되는 것 같다.

시어머니가 모진 말을 할 때마다, 나는 가슴이 미어지고 속이 상하고 친정엄마가 생각나긴 했지만, 마음 깊은 곳에서는 이런 생각을 했던 것 같다.

어머니가 아무리 저를 함부로 대해도 저 눈 하나 깜짝 안 해요.
저는 어머니가 망가뜨릴 수 있는 사람이 절대 아니랍니다.

어머니가 고의든 아니든 말로 나에게 가시를 뻗칠 때, 나는 나도 모르게 내 안에 있는 나를 지킬 가치들을 더욱 꼭꼭 숨기고 소중하게 지켜내고 있었다. 언제가 되든 때가 되어 진정한 나를 보여줄 수 있는 날을 기다리면서 말이다.

그 방향은 당연히 어머니를 향한 것이 아니다. 온전히 나의 삶을 너무나도 사랑하는 나 자신을 향한 것이다.

나는 하나뿐인 딸아이를 너무나도 격렬하게 온 우주를 다해 사랑하지만, 그녀를 위해 100편도 넘는 시를 지었지만, 그녀는 나의 자식일 뿐 내 삶의 이유는 아니다. 나는 그저 그녀를 위해 이 세상을 한 치라도 더 아름답게 만들 의무를 진 자이고, 그녀는 나를 부끄럽지 않은 어른으로 살아가게 해주는 동력과 같은 존재이다.

한마디로 그녀는 너무도 소중하지만 내 삶에서 1순위는 내가 엄마가 된 후에도 변함없이 나 자신이라는 뜻이다.

내 마음속 깊은 곳에 존재하는 나만의 가치를 믿는 사람은 결코 저 깊은 곳에서부터 침잠하거나 불행해질 수 없는 법이다. 언제고 올 한 방을 기다린다기보다, 삶을 장기적인 관점에서 보고 죽기 전에 나의 가치를 실현하는 것이 내가 이 세상에 온 이유이자 목표라고 생각하기 때문이다.

이 글을 단숨에 써 내려가면서 마음 깊은 곳이 다시 뜨거워짐을 느낀다. 나는 앞으로도 그저 담담하게, 내가 가진 것을 소중하게 여기면서, 내 삶의 최종 목표를 하루하루 지켜가며 살아갈 것이다. 이런 것을 열정이라고 부르는지는 잘 모르겠다. 하지만 그것이 열정이든 나의 세계관이든, 내가 일생을 바쳐 꾸준히, 그러나 조용하면서도 부드럽고 단단하게 지켜나갈 단 하나의 촛불임을, 나는 너무도 잘 알고 있다.

에필로그

나의 반려자에게…

초고를 본 지인들이 한결같이 이 책 출판해도 정말 괜찮겠냐고 걱정해주었다. 행여나 시어머니가 보시게 될 일을 염려한 것이다. 나도 그 부분에 대해서 걱정하지 않은 것은 아니다. 의절할 각오까지 하면서도 글쓰기를 멈출 수 없었던 것은 그것에 관해 쓰는 것이, 이 사회에 무언가 내 생각 한 조각을 던지는 것이 나의 의무라고까지 생각되었기 때문이다.

글을 쓰기 시작하면서 나는 훨씬 더 단단해졌고, 강해졌고, 자신감이 생겼고, 심지어 지난 상처를 스스로 치유할 힘이 생겼으며, 과거로부터의 해방감을 느끼고 있다. 어느 정도는 진심으로 어머니에게 감사한다. 그리고 책으로 출간되었을 때 가장 큰 상처나 타격을 입을지도 모를 남편에게도 이 소재를 쓰도록 허락해준 데 대해 무한한 고마움을 느낀다.

남편은 책이 출간되면 직접 사서 보겠다며, 염려 말고 하고 싶은 말을 모두 쓰라고 독려해주었다. 그동안 내가 그토록 듣고 싶어 했던 말과 함께.

"너의 지난 상처에 대해 몰라주어서 정말 미안했어. 어머니 자식이라는 연 때문에 두 사람 사이에서 남편 노릇 제대로 못해서 정말 미안했다. 고생만 하게 해서 미안해. 사실 나도 부모 자식 관계라는 걸 이제야 어느 정도 놓게 되었어.
모두 행복하면 좋겠지만, 그게 어려우면 당신과 나, 그리고 우리 아이, 세 명의 행복이 최우선이야."

그 간단한 진실을 어떤 남편은 평생 깨닫지 못하기도 하는데, 늦게라도 알아준 데에 감사함을 느낀다.

갈등이 있을 때마다, 매 고비마다 그는 항상 미안해했고, 나름 최선의 방법으로 중재하려고 했지만, 가운데에서 겪어야 했던 그만의 심정은 나 또한 알 길이 없을 것이다. 앞으로도 갈등이 없으리란 보장도 없고, 고부 갈등이 아니더라도 한 배를 탄 동반자로서 함께 늙어 죽을 때까지 앞날에 잔잔한 파도와 순풍만이 있을 거라 생각하지 않는다.

하지만 최소한 서로 간의 신뢰를 저버리지 않는다면, 그게 무엇이든 헤쳐나갈 수 있으리라 생각한다. 부부 사이가 좋아야 아이도 바르게 자라고, 자식에게만 집착하지 않게 된다. 내가 남편과 사이가 좋지 않다면, 아이 키우기에만 더 집착할지도 모르고, 나를 아이에게 투영하며 옥죌지도 모른다.

가족 간의 갈등은 부부가 바로 서면 대부분은 치유되고 해결될 수 있다. 남편도 지난날들을 통해, 나의 글을 통해 많이 느끼고 많은 생각을 했기를 바란다. 나 또한 앞으로도 충실한 반려자로서, 아이의 현명한 엄마로서 최선을 다해 이 삶을 살아갈 것이다.

그러면 언젠가 우리는 함께 파란 바다를 보게 될 것이다. 바다를 건너며 만났던 암초나 폭풍마저도 함께 웃으며 이야기할 날이 올 것이다.